野の骨を拾う日々の始まり

魚住陽子

目次

草の海

（一）

弓は電話の音に驚いて目を覚ました。

待っている間にいつのまにか眠ってしまったらしい。つけっぱなしになっているテレビでニュースを流している。午後十一時を過ぎているか、あるいは零時に近いのかもしれない。一番低くしているはずのベルの音でも、たった一人でいる２ＤＫのマンションでは暴力的なほど大きな音になって聞こえてくる。

多分夫に違いないと思っているから電話を取る声もぞんざいになる。

すると思いがけなく電話の向こうで聞き覚えのある女の声がした。

「あたしよ」

同じようなぞんざいな口振りで深夜近く、弓の家へ電話をしてくる女は二人しかいない。

「お母さん？」

まず聞いてみるともう一度、「あたしよ」とノックをするように繰り返す。やはり姉の美恵子であった。

子供は寝たし、亭主はまだだし、と言う。それはこっちも同じこと。子供を寝かすかわりに自分が眠ってしまったけれど、と答えると、呑気でいいわね、と言う。それはお互い様でしょ、とやり返す。

軽口をたたいているうちにだんだん眠気もひいてゆくようだ。

「それで、何か用」

少し冴えてきたところで聞くと、普段遠慮のない美恵子が珍しくちょっと躊躇《ためら》っている。

弓は受話器を引き寄せて身を起した。

うたたねで上手に撒いたと思っていたのにいつもの左頭部のあたりに羽虫位の頭痛が戻ってきている。窓から外を見ると見慣れた灯の川。その水底で車のシートにすっぽり身を沈めて家路を急いでいるだろう夫の姿をちょっと思い浮かべた。

「あのね」

口籠った美恵子の周りで急にゼリー状の闇が濃くなった。

都会で暮している者には想像もつかない程田舎の夜は真の闇である。姉の家の、子供達の寝静まった茶の間を草や木の影が伏兵のように囲んでいる気配を一瞬、弓は肌に感じた。

「私ね、お父さんに会ったのよ」

姉はゆっくりと区切るように言ったのだ、聞き違えであるはずがない、と知っていてもつい繰り返してしまう。

「お父さんに会ったの？」

まだあの人、生きていたの。と続く言葉を危く呑み込んでいる弓の気持が判るらしい。美恵子も又、同じ言葉で答えた。

「生きているわよ。だってまだ六十位じゃないの」

子供の遠足に付き添って実家からそれほど遠くないS公園へ行った時、父に会ったのだと言う。見ただけなの、と訊くと話もしたと言う。弓は本当はもうこれ以上聞きたくなかった。生きていたのなら消息も尋ねねばならない。

「なんで話なんかしたの」

「だって、仕方がなかったの。子供とはぐれて捜していた時ベンチに坐ってジーッと私のこと見てたのよ。ジーッと」

――お人好しで気の優しい姉、器量良しで素直で、父の自慢だった姉――

「それで、それからどうしたのよ」

洗った髪が充分乾ききらなかったらしい。母親譲りのふんだんな黒い髪も厄介なものだ。湿り気の残った部分がシンシンして、そのうち寒気がしてきた。

「それから、どうしたのよ」

三歳違いの姉にまるで年下の者に言うような調子で促した。

「みいこか、って言うのよ、みいこか。俺がわかるかって」

子供の時から色白で目のぱっちりした姉を父はことさら愛していた。よく膝に乗せて、「みいこ、みいこ」と呼んだ。

父が出奔した時、美恵子は十歳、弓はまだ七歳だった。美恵子は生意気盛りで、「猫みたいに呼ばないでよ」と鈴のような目を吊り上げて、その都度文句を言った。

怒ると一層愛くるしい猫のようになる。

「ああ、みいこがタマになった。そうして怒るとタマそっくりだ。おのどクチュクチュ。ニャアオーニャアオー」

母よりも四歳年下だった父はまだ四十歳になっていなかった。酒が弱くてビールを二、三杯飲むだけで、あっという間に酔い、まるで少し年の離れた兄のようにふざけた。

「みぃこかって……言うのよ。人違いです、なんてあたし言えなかったわ」

――バカバカしい。私だったら十回だって、二十回だって言ってやる。人違いです。あなたは赤の他人ですって――

美恵子の震え声を持て余して弓は一人で呟やいた。

「お母さんに話したの」

電話口で鼻声を切り上げる音がして、一呼吸した後、美恵子はいつもの少しとぼけた高い声をあげた。

「それがねえ。知ってたのよ、お母さん」

(二)

「お母さん、知ってたんだって?」

なるべくさりげなく聞いたつもりなのだがやはり声が不自然に低くなってしまった。

「美恵子に聞いたのね。行男さんが社内旅行へ行く間、久し振りに泊りに行くわ、なんて言うからちょっとおかしいなって思ってたのよ」

墨を磨る手を休めて母のまゆは、改めてという風に弓に向き合った。掛けてある俳句が季節はずれになったから取り換えるのよ、と朝から張り切って、珍しく着物を着たりしていたのだ。

「あんまり黒々しているとこの齢ではむしろ無気味でしょ」などと言って、二、三年前から染めずにいる髪はこの頃めっきり白くなって、ほとんど銀一色になっている。

「会ったの」

「ううん」

「じゃあ、なんで知ってたの」

「予感よ」

そう言ったきりまゆは黙っている。その少し丸くなった背中を見つめながら、弓は自分が母親そっくりなことに気づいて愕然とする。

本当を言うと予感は弓にもあった。

二十年も忘れていた人を、否、忘れるというよりも思い出さなかった人を、この頃よく思い出す。街で通りすがりの男に会ったりすると、「あっ、お父さん」と幾度も思う。根拠は何もない。通りすがりの男は三十代であったり、中年だったり、初老だったりする。

「予感だけじゃあないけど。ホラ、お前も知ってる、昔近所に居た美代ちゃん。あの人の家へ尋ねて行ったりしたんだって。文明堂のカステラ持って」

まゆは一瞬顔を顰めたが、その後ちょっと笑った。

「そのカステラにね、黴が生えてたんですって。やあね。どっかの売店で買ってずーっと持ってたのよ。あの人らしいわね」

二十五年も前に消息を絶って、離別した男のことを話すにはその表情は余りにも平静でありすぎる。

「この家にも来たら、どうするのよ」

「来たらって…。もう他人よ。それに美代ちゃんがね、今更おめおめ帰れた義理じゃないだろうって、新派擬きの啖呵切ったって言うから。しばらくは大丈夫」

「お母さん、会いたい」

自分がなぜこんな質問をするのだろう、と思いつつ、つい口から出てしまった言葉をもう一度戻すように弓は一口お茶を啜った。

「会いたかあないわ。もう他人よ。他人のおじいさん」

そう言いながらまゆは台所に立って行った。そのおじいさん、という言い方はわずかに捨て台詞めいて、「ふふっ、いい気味」と言っているように聞こえた。出奔した時には父はまだ三十代。母は四十歳を過ぎていた。四歳違いの年の差がチクチク胸に刺さったのは昔の話なのだろう。

今は同じ六十代。

「私はおばあさん、あの人はおじいさん。それよりも」

とまゆは急須に湯を足して戻ってきた。

「おまえ、会いたい？」

「会いたかあないわ、他人のおじいさんに」

「そうかしら、でも父親よ」

「あんな人、父親じゃないわ。私、思い出だってあんまりないのよ。ちっちゃかったから」

言ってしまった後、嘘ばっかりと弓は思う。確かに父の思い出は余りない。しかし数がない分だけ年々鮮やかさを増して、再現してみろ、と言われたら一字一句、情景のどんな細部でも思い出せそうな気がする。「ホラ、これ」と言ってミニチュアにして茶盆の上に広げて見せたら母は何と言うだろう。

「美恵子はね、ちょっと泣いてたわ。あの子父親っ子だったから」

「お姉ちゃんはね、バカなのよ。懲りるってことがないんだから」

「そうそう。あの人がいなくなってからも美恵子は町で似た人がいるとよくついて行っちゃって往生したわ。デパートの中で追い掛けて行ったりして、何回はぐれたか知れやしない。最初はともかく、一、二年そんなことが続いて、だんだんあの人に似ても似つかない人でも人混みの中で、あっお父さん、と仁王立ちになっちゃって。本当に情無かったわ」

好物の蒸し羊羹に黒文字を入れながら母の声は相変らず淡々としているが、弓はその時のことをよく覚えている。それは数少ない父にまつわる記憶の最後のものである。


母は知らないのだ。確かに美恵子は似ても似つかない人を何度も、「あっ、お父さん」と呼んだけれど、Mデパートで急に反対のエスカレーターで追い掛けて行った男は確かに父だった。五階の家庭雑貨売場で母がスリッパを買っている時から弓は父に気づいていた。外国製のきらびやかな硝子器や陶器の並んでいるコーナーに見惚れている時見つけたのだ。

初冬だった。見覚えのないフラノの上下を着ていたが、少し右肩を下げてポケットに軽く手を突っ込んで、父はちょっとの間ショーウィンドウを見ていた。そして細長いミルクマグの、手付と飲み口に柊の模様がある一対を選ぶとリボンを結んで貰っていた。

買物を終えて、下りのエスカレーターに乗ろうとしたところを美恵子が見つけたのだ。

「あっ、お父さん」

父は振り向きもせずエスカレーターをトントンと歩き、あっという間に見えなくなった。しかし父には確かに聞こえたはずだ。たとえ十年しか一緒に暮したことがなかったとしても、あんなに可愛いがっていた娘の、売場中が振り向くほどの大声が聞こえぬはずがない。

「おまえはね、会いたくないって言うと思ってたわ」

母はもう澄ました顔で硯に向かっている。

「あたりまえよ、私達を捨てた人じゃない。お母さんがその後どんなに苦労したか、子供心によく覚えているわ」

「苦労って言ったって。貧乏のことだけでしょ」

父が出奔した二年目の冬に、父に金を貸したという人がやってきた。もうその頃から生活は日増しに質素になっていたし、美恵子も弓も少しづつ粗末になるおやつに文句を言わなくなっていた。そんな矢先だったのだ。

それを皮切りに一体、大小とり混ぜた金額の借金取りが何人家を訪れただろう。

東京にいた父が横浜へ、川崎へ、やがてどんな事情でか静岡の方まで流れて行ったらしいことも、それら無数の借金取りの一人がもたらした信憑性の少い消息に過ぎない。

まゆはまず親から譲り受けていた三軒の家作のうち一軒を売った。そして翌春にもう一軒。残る一軒の家賃は母子家庭の生活費にどうしても必要なものだった。

父がいなくなった三年目には奥の和室を開放して、母は近所の娘達に和裁を教えた。夜遅くまでせっせと仕立て物もした。それだけでは足りなくて、美恵子と弓が次々に上級の学校へ行くたびにまゆの箪笥から夥しい着物が消えていった。

しかしその十数年間は、むしろ辛い思い出としてではなく弓の胸に残っている。あの頃はどの家も裕福ではなかったし、お金がないということだけではそれほど惨めなことではなかった。母はいつも明るかったし、我家の窮乏も隠さなかった。

弓は夜遅く母の友達の家へお米を貸りに行ったことも、質屋の裏門で母を待ったこともある。

「着ないものでお金が貰えて、今夜は三人で鰻でも食べられるわ。絹の着物ってありがたいものねえ」

空の風呂敷を畳みながらホクホクした顔で戻ってきた母の姿を弓はよく覚えている。

母と娘の二十五年間の暦をめくれば楽しかったことばかり思い出される気がする。たった一つ。父の出奔した五年目の夏。美恵子が十四歳。弓が十一歳だったあの日を除いては。

夏休みももうすぐ終り、体育館の側にある百日紅《さるすべり》が咲いている頃だった。

美恵子と二人でプールから帰ってみると、いつもいるはずの母が居ない。家の中はしぃんとする程片付けられて、洗濯物は畳まれ、母の鏡台にはすっぽりと鏡台掛けがかかっている。玄関には白い木槿の花がたくさん生けられ、たたきには打ち水がしてあった。

弓は一瞬、「お葬式のあった家みたい」と思った。

そう思った瞬間、身内にある直感のようなものが閃めいた。

家中を捜して、「大丈夫よ、きっと仕立物でも届けに行ったのよ」と呑気に冷蔵庫を覗き込んでいる美恵子をおいて、弓は家の後にある細道を抜けて、線路づたいの道を駈け出した。

おつかいに行くにも遠回りしてゆく母の好きな散歩道に大きな芒原《すすきはら》がある。

弓は駈けに駈けた。呼吸は次第に苦しくなり、同じ速度で不安は増した。

畑も果てて、大きな芒原に着いた時は、もう弓の胸は破裂しそうだった。興奮と緊張で目の前がチカチカしてきてもいた。

茅の葉は刃のようにきらめいて一斉に翻る、その鋭い銀色の反射が弓の目を射た。

まるで海のようだった。

その波の中に陽炎のようにゆらゆら揺れる人影が微かに見えた。

「お母さぁーん、お母さぁーん」

と弓は大声で呼んだ。

人影は振り向いて何か叫ぶと急にクロールでも泳ぐような格好で抜き手をして、緑と銀の波の中に見えなくなった。

白い手が時々、溺れかかった者のように見え隠れする。茅の海は凪いだかと思うと激しくざわめき、十一歳の弓の前で最愛の母を巻き込んで静まることがなかった。

気がつくと母が目の前に立っていた。

「ひと泳ぎしちゃって、すっかり濡れちゃったわ」

目には涙がとめどもなく流れていた。


幼い頃から弓は父親が好きではなかった。父親も姉の美恵子ほど弓を可愛いがらなかった。むしろ少し疎じていたような気がする。弓があまりにも母親似だったせいもあるかもしれない。子供心にそれと知っていたから弓は余計父親になつかなかった。

だから父親が帰って来なくなっても生活が変る事以外、不安も寂しさもあまりなかった。そのかわり、「お父さんは私達を捨てた」と口に出して言ってみても憎しみも湧かなかった。その人はまるで一定期間、家に居た客人のような気がするくらいだった。

が、茅の原に身を投げた母が頬を濡らして自分の側に立った時、弓の胸に新たな、思いがけない憎しみが萌した。

父は母を捨てたのだ。

ワッと泣き出したい衝動を堪えて一緒に歩き出した時、茅の葉で切ったらしく血の滲んだ指をかざしながら母はポツンと言った。

「今日、役所に行ってキレイにしてきたわ」

すっかりキレイにしてきたのだ。それから二十年間、私達はずっと三人家族だった。

「何、考えてるの、ぼんやりして。今年は無花果が熟すのがとっても早くてたくさん実をつけたわ。行男さんにおみやげに持っていってあげれば。好物でしょ」

「そうね、じゃあ貰っていこうかな」

弓は鋏を持って庭に出た。

花水木や桜がもう紅葉し始めている。

以前、弓の祖父母の代には一年に幾度か植木屋が入り、松には松の、牡丹には牡丹の、苔や燈籠なども位置通りに配した手入れの行き届いた庭だったらしいのだが、祖父母の死後、少しづつ庭はまゆの植物に対する偏愛によってその姿が変ってきてしまっていた。

松よりも楓が好き。椿よりもリラが好き。そして何よりも果樹が好き。花が咲いて、実がなって……。陽陰には射干《しゃが》を植え、緋扇《ひおうぎ》を植え、空いた地面には香草の苗床を作り、周囲には雛罌粟の種をばらまいた。

しかし弓は父の出奔した二、三年間、母が最も憑かれたような熱心さで庭に出ていたことを覚えている。

「まるでお母さんの大切なものが埋まってるみたい」幾度そう思ったか知れなかった。

ピラカンサスの鋭い棘を見つめながら、どうしても弓の想いは父の消えた頃をうろうろと彷徨ってしまう。

「無花果、熟したのを幾つか鳥の餌に残しといてあげてね」

濡れ縁まで出て来てまゆが大きな声をあげた。

庭と物置の近くにある二本の木から捥いできた無花果を弓はせっせと籠に詰めた。弓自身は赤紫の秘密を見せたいように割れるこの甘い果実が嫌いだったが、夫の行男は大好物で、「干し無花果は昔から高貴な食い物だよ」などと言って幾らでも食べた。

やっと少し書く気になったのか、まゆは弓の傍らで一瞬息をつめた後、さらさらと短冊に何やら書いている。

「ホラ、これ。新作よ。

墓を買う胡麻の畑の土地つづき」

（三）

「お母さん、相変らず俳句下手ねえ」

実家に一泊して帰宅すると、夫の行男は珍しく先に帰っていた。

お茶を入れながら行男にその新作の俳句を披露して弓は笑った。行男は皿に盛られた無花果を食べるのに余念がない。

「そんなに悪かあないよ。でも本当にお墓、買ったの」

「なんで三坂の家が今更お墓を買うのよ。やあね。フィクションよ、フィクション」

「そうだよな。だからお父さんと離婚しても君達は姓も何も変らなかったんだものな」

「そうよ、なんにも変らなかった。貧乏しただけ」

行男の旺盛な食欲を見て、急に空腹を感じた弓は台所に立った。その後姿に、何気なく呟いたらしい行男の言葉が弓を食器棚の側に立往生させた。

「何も変らなかったか。案外、捨てられたのは君のお父さんだったのかもしれないいな」

台所の窓がもううっすらと曇っている。今夜は格別冷え込みがきついのかもしれない。弓は強いてそんなことを考えながら、冷蔵庫からチーズを取り出して切り分けた。

暖めたクロワッサンにチーズを押し込んで口に運びながら、どうでもいいことだと言う風に弓は続けた。

「私たちがお父さんを捨てたってどういう意味よ」

「別に、意味はないよ。ただ君達家族を見てるとどうしても父親に捨てられたっていうイメージが湧かないんだよ。お母さんにしたって髪振り乱して後を追ったってわけじゃないだろ」
「どうやって後を追うのよ、行く先もわからないのよ、どうしていなくなったのか、それもわからないのよ」
「そうかなあ。十年も一緒に暮してたんだろ、本当にわからなかったのかなあ」

その夜、弓はなかなか寝つけなかった。少し眠っては夢ばかり見た。父が風の盆地を追われて行く夢である。びょうびょうと鞭のように茅が鳴り父を追い払っている。

そうかと思うとみんなが寝静まった後、最終電車がとろろの花のような灯をたくさんつけてゆるくカーブしてやってくる夢も見た。誰も居ない車輌に行商人のような大きな荷物を持った父親が乗っている。
「毎晩、毎晩、会いに来たのに」

背中を向けたままの父の訴えが続いた。鎌のような月がかかり、草が騒ぎ、その鋭い海に繰り返し身を投げる母の姿も見えた。

（四）

二週間ほど経った夕刻のことである。

あちこちの家の垣根に山茶花の花びらがこぼれている。おつかいに出たら塀の側にうづくまっている猫に会いそうな肌寒い曇り空。弓は膝掛けにくるまって編物をしていた。そろそろ夕食の仕度を、と思っていると電話が鳴った。

「私よ、美恵子」

イライラした姉の声が飛び込んできた。子供が二人いる主婦にとっては確かに一番忙しい時刻である。

「ねえ、弓。来週の日曜、一人でお母さんの所へ行ってくれる。私も行くから。ちょっと敏子伯母さんが話があるっていうのよ、私達三人に。わかるでしょ、あの人のことよ」

「あの人って誰よ。私は昔から敏子伯母さんって大嫌いよ、出来れば会いたくないわ」

「わがまま言わないでよ。どうしても来て貰わなくちゃあならないわ。あの人のことで私達親娘に折入って相談があるんですって。きっとよ、十一時頃まで」

一方的に言うだけ言って電話は切れた。

揚げ物でもしていたような慌しさである。弓は受話器を置いた手を持て余して口の中で重い舌打ちをした。

「あの人、のことか」

予感は長く尾を引いて心の中に消えずにあった。

「あの人の話はもうたくさん、死んだ人じゃないの」

それに何よりも弓は、敏子伯母さんが、という言葉に苛立っていた。父のすぐ上の姉。七、八年前未亡人になった伯母の巨体と、じろっと睨むと右上に必ず逸れる白眼の多い視線を弓は急に思い出していた。

父が出奔する前は道楽の多い夫の愚痴や、息子の自慢やらで一週間に一度は派手な所作で出入りしていたのに、父の出奔と同時にピタッと足が遠のいて、時おり町ですれ違ってもそそくさと挨拶を交すだけで通り過ぎてしまう。「いつかこんなことになるだろうと思っていた」と訳知り顔で親戚に吹聴しているらしいことも人づてに聞いていた。

伯母だけではない。四人いた父の兄妹やらその子供やらが入れ替わり立ち替わり訪れていたのに申し合わせたように来なくなった。

「親戚会議の結果でしょ」と母などはかえってサバサバした顔をしていたが、弓や美恵子は一遍に遊び友達やら保護者やらを失った気がして、当時はやはりちょっと寂しかった。

しかし、それもこれも二十五年も前の話である。弓達は母の乏しい財産だけを心細い後盾にして、それでも余り憂いもなく成長した。女三人の暮しは代わる代わるチュンチュン囀り、飛び回り、小さな頭でせわしなく色々な考えを追いかけて、誰が親か子か見分けがつかない楽しい鳥籠の生活のようであった。

それは美恵子が二十四歳で嫁ぎ、「私はお母さんとずーっと暮すわ」と言っていた弓がやや遅れて、二十七歳の時、同僚だった行男と細くて長い恋愛の末、結婚するまで続いたのだ。

弓は転がっていた毛糸玉をぎゅっと握りしめた。

「お姉ちゃんもどうかしてるわ、今更どうしようと言うのよ」

口に出して荒々しく言った後、ふと思いついて母の家へダイヤルを回した。

ルル、ルル。と四、五回鳴らしたが誰も出ない。俳句の会にでも行ったのかしら、と思いつつ何だか意地のようになって鳴らし続けた。

もしお風呂場にでも居れば五、六回。庭に出ていれば七、八回。トイレかもしれないし、などと思いながらベルが鳴るままにしていた。

受話器をピッタリ耳につけていると田舎の懐しい闇に少しづつ引き寄せられていく。門を隠す繁った草木。玄関にともる匂いのするような灯。裏庭の果樹の黒いたたずまい。廊下に流れる水の匂い。

弓は少し身を硬くしたまま母の家から発信されるそれらのイメージとも気配ともつかないも

のを受け止め続けた。

固く封をされているにもかかわらず仄かに香り、時おり光ったりする数々の果実酒の瓶。立ち上がると、台所に寝そべっている獣のような闇にぶつかりそうになる。

「お母さん？」

呼び出し音がちょっと途切れた気がして思わず声をあげた。

麻の葉の前掛をちょっと撮《つま》むようにして電話口に立つまゆの姿が鮮明に浮かび、いつの間にか弓は少女の頃遊び疲れて外から帰り、母を呼んでいるような錯覚を覚えた。

「ねえ、お母さん」

もう一度呼ぶと微かに語尾が震え、不覚にも弓の目に涙が浮かんだ。

（五）

日曜日はあいにくの雨であった。

「僕も一緒に」と言う夫にはっきり理由も告げず、「たまには親子水入らずよ」と言い渡して家を出た。

急行に乗っても都心から四十分はかかる、『田舎電車』の別名で呼ばれるT線に乗り込んだ時は既に十時を回っていた。

二十分も乗って、新興住宅地を抜ける頃になると急に車内はガラ空きになって、弓はゆっくりと椅子に腰かけて窓の景色に見惚れた。

高層住宅は姿を消して、かわりに低い山並が近づいてくる。やがて小さな川を幾つか渡り、茶畑の霞んだ畝が続き……弓は七年も通ってほとんど諳んじている光景を飽かずに眺め続けた。

春・夏・秋・冬。花の咲く家も、畑に実る物もみんな知りつくしている。

葛の葉が崖下を覆いつくす夏。尾花の真白な髪が波打つ秋。春には連翹《れんぎょう》、桜、桃と慌しい花の順列が通り過ぎる。季節ごと、時刻ごと、懐しい映像を反芻していた弓の目が思わず伏せられた。


六月の、緑が脹《ふく》らんでは滲んで霞み、エゴの花がまっしろに咲くそんな季節だった。

通勤の途中は必ず坐って本を読んでいる習慣の弓がその日に限って膝に本を開げたままウトウトしていた。都心近くになって、そろそろ車内も混み始めていた。K市まで来て、ドアが開き、大勢の人の気配に弓は目を開けた。

向いの空席に初老の男が坐ろうとしていた。目を覚ました直後の少しぼんやりした目を何気なく弓はその男の周囲に長い間漂わせたままにしていた。

その時ふいに、そう、ふいにとしか言いようがない。今、向いの席に坐った男が父親ではないか、と弓は直感したのだ。

右側に下がった肩、見覚えのある広い額。と言っても表情まではっきり見えない。雨の日の車内は薄暗く、そうと見れば乗客のみんなが青桐の葉に見えてしまう、その位の明度なのである。

確心が増してくると反射的に弓は目を伏せた。

「困った」と最初に思ったのが事実だった。しかしすぐにこんな理不尽な羞恥心を覚える自分に腹が立ってきた。

男の左側に雨に濡れた傘が無雑作に置かれ、そこから浸み出す滴が血の固まりに見える。下から徐々に視線を上げて行って、弓はピッタリと男の顔の位置に照準を定めた。

おおっぴらに無視してやる。弓はそんな心積りだった。声なんかかけさせてやるものか、あんたとは他人なんだ。すぐ近くにいても何にも気づかない程他人なのだ、と見せつけてやっている気持だった。

元々近眼気味の弓はそうしてもまだ、その男が父だとははっきり確認することが出来ない。

「もしあの男が父だったら」その程度の曖昧さなのだが心が無闇に緊張して、「親子だもの、二十五年会わなくたって判るわよ」という内心の呟きが弓の目にいつまでも力を貸した。

向かいの席の男は見ず知らずの若い女に睨まれているにしては不興気な顔も、不信そうな様子もせず、身動き一つしない。あるいは少しおもしろがっているのかもしれない。しばらくするとゆっくり足を組み換えた。その気取ったような仕草、座席にもたれた時の姿勢を弓は食い入るように見つめた。「あなたは私達を捨てたのよ」

口に出して言いそうになるのを渾身の力を込めて耐えた。

茅の原で両頬を涙で濡らしていた母の哀しみと怒りが知らず知らず乗り移ってきたようだ。

次の、次の駅で通勤客は増し、弓の前にも男の前にも多くの人が立ちはだかり始めた。

まもなく終点のI駅に着く。弓の胸は緊張で高鳴った。あの男は果して私に声をかけ、名のりをあげるだろうか。そうしたら私はどうするだろうか。雨と湿った衣服の繊維の匂いが一層の息苦しさを弓の胸に押しつけてくる……。

毎朝の、いつもの変りないラッシュ。ドアが開いた途端、弓は罠のはずれた兎のような素早さで人々のごったがえす階段を駈け降りた。振り向くとあの男が、「俺だよ」と言って笑いながら肩を叩くような妄想に追いかけられて、会社に着くまで一息もつけない気持だった。

「結局、私は逃げたのよね」

電車はもう弓の通った女学校のある隣の駅まで来ていた。

桜落葉もあらかた散って、木守りの柿がポツンポツンと残る晩秋の風景が広がっている。

「何で私は逃げたのだろう」

「君達がお父さんを捨てたからさ」

夫の何気なく言った言葉がたった一つの答えのように弓の胸に響いていた。

（六）

「ただいま」

ことさらやかましく玄関の戸を開ける。

まゆがいそいそとやって来て、「ただいまじゃないでしょ、ごめんくださいよ」と笑いながらスリッパを揃えた。薄いベージュのセーターに格子のスカートを穿いている。胸につけている鼈甲のブローチに目を留めながら弓は「いよよ華やぐ命なりけりってところね」と大きな声で冷やかした。

「しっ」と含み笑いをしながらまゆは唇に指を立てて、廊下の端を軽く顎ではしょって見せた。

七年振りに会う伯母に弓は型通り、慇懃無礼の一歩手前という態度で挨拶を済ませた。

「まあ、弓さん、すっかり若奥さんらしくなって」

また少し太ったらしい。伯母の窮屈そうなウエストに目をやりながら弓はニッコリした。

待ち草臥れた、という風に美恵子が居住いを正し、まゆがお茶を入れかえて坐った。

「今日、無理言って来てもらったのは他でもないけど」

伯母の話し声は練習を積んだ者のように淀みなかった。

出奔した父がすぐ上の姉に接触を始めたのは大分以前かららしい。

「静岡からしんみりした長い詫び状が届いて」とハンドバッグから少し黄ばんだ嵩のある封筒を取り出して、「どうぞ」と言うようにまゆと恵美子の坐っている間につっと指で押した。二人共それに視線を移すことも、手に取る気配もない。

「まあ、あんた方が恨みに思う気持も良く判る。二十五年も放りっぱなしにしておいて、今更、と言うのも当り前だけど…」

少し媚びるように言い添えたが相変らずまゆも美恵子も身動き一つしない。

「まゆさんはね、昔から自尊心の強い人だから許せないと思うかもしれないけど。でもみいちゃんや弓ちゃんにとってはたった一人の父親なんだし」

伯母の少したるんだ頬にじっとりと汗のようなものが浮かんでいる。

「父はどうして欲しいと言ってるんですか」

弓は自分がこんなにあっさりと切り出していることに半ば驚きながら言った。

「どうって……」

まずは正式に三人に会わせて欲しい、まゆが会いたくないと言うのなら、せめて二人の娘にだけでも会って詫びが言いたい。

「そのうえで、一緒に住むなり、面倒を見て貰うなり、ですか」

まゆが目に少し悪戯っぽい光を湛えて伯母の話を遮った。

「私ね、いつかはこんな事を言ってくるんじゃないかと思ってました。本当にあの人らしい。敏子さん、私が正式にあの人の籍を抜いたのは何の為だと思います。将来のこんな事から子供達を守ろうと思ったからですよ」

「でもね、まゆさん……」

この位の反撃は予想していたのだろう。多分父方の親戚代表としてやってきた伯母は怯む様子はなかった。

出奔した後の父がどれほど深く後悔し、自分を責めたか。やがて異郷の地で発病し、望郷の念に駈られ、恥も外聞もなく親戚一同に許しを請うてきた経緯なども巧みに織り混ぜて、伯母の長い回想は縷縷と続きいつ果てるともしれないように思えた。

「この間偶然みいちゃんに会ったんですってね。あんまり嬉しくてボーとなってしまったって言ってたわ。二十年も会わなくたって、やっぱり親子なのねえ」

そうでしょう、と言わんばかりに話を結んで美恵子を振り返った伯母の顔は自分の話の効果的な仕上げに酔っている感さえあった。

「ねえ、水に流して許してやってくれない、みいちゃん」

弓は膝を乗り出して行きかけて止めた。

そう言えば普段は屈託なくお喋りな美恵子が珍しくずっと無言でいることに気づいたのだ。

「伯母さん。水に流すって、何をですか。流すものなんか私達には何もない。ずーっと以前からあの人に対しては、もう何もないんです」

美恵子の思いがけない言葉にまゆも伯母も驚いた様子で口を噤んだ。

弓が静かに引きとって続けた。性格も容姿もまるで似ていない姉妹ではあったが、一本の木にすんなり接木をされたように美恵子の言おうとしていることが弓には判っていた。

「伯母さん。私も姉と同じ気持です。もうこれ以上あの人の話は聞きたくありません。私は夫と二人暮しですから構いませんけれど、姉は嫁ぎ先への遠慮もあります。できれば近くに出没して貰いたくもありません」

長く縺れていたものを一気に裁断してしまう、パッと手を離してしまった一瞬の軽さが弓の目を清しくさせた。傍らでまゆと美恵子が同じ清しさで二羽の鶴のように首を上げた。

「お聞きの通りよ。敏子さん。私は勿論、子供達も、もうとっくにあの人に対しては赤の他人のまっさらな気持しか抱いてない。許すとか許さないとかの問題じゃあないの。そのかわり、恨みも憎しみも抱いていないって伝えて丁戴」

同じ兇器、同じ鋭さで見事に断った。しかしそれを片付けて、差し出しているまゆの言葉の大きな嘘に弓は目を見張っていた。

私たちが追い駈けていた獲物はこれではない。私たちが長年待ち続けていた死骸はこんなものではない。私たちが求め、それ故に常に私たちから逃れ去って行ったものの正体は、今、殺されて横たわっている者とはまったく別のものだ。

弓の叫びはしかし、女四人の重苦しい沈黙をわずかに濃いものにしただけだった。

「あの子も可愛想に」

しばらくして、堪りかねたように部屋の隅に躙り寄って伯母は障子を開けた。

庭は最後の紅葉が始っている。桜や楓はあらかた散ったが、それでも残った葉が雨を受けて、はらりはらりとかぼそい音をさせて散りしきる。蔓梅擬《つるうめもどき》の実が小雨の中に鮮やかに映え、遠く河骨の影がちらほらする。

「今更、何を言っても無駄でしょうけど、あの子、よく言ってたわ。ここの庭の夢を何度も見る、そのくせどうしてもこの庭の近くにだけは近寄ることが出来なかった、って」

ありありと落胆の滲む声、庭を見つめる伯母の、わづかに疲労の翳が射す背中に、急に美恵子が声をかけた。

「伯母さん、父は、父はどうして家を出たんですか。何故、私達を捨てたんですか。それだけは聞いておきたいんです」

まゆが丹精をしている果梨の木に男の拳大の青い実が残っている。そのあたりから大きな音をさせて鳥が飛び立った。

（七）

「それは私より、あなた達のお母さんの方が良く知ってらっしゃるんじゃないの」

伯母にも伯母の意地があるのだろう。思いがけない激しい拒否にあった、それは意趣返しの捨て台詞に聞こえないこともない。

だが、果してそれだけだろうか。

苛立った伯母の声音に、「それはこっちが聞きたいわよ」とでも言うような好奇心の細波が確かに感じられた。

出奔した後の長い身の上話の他には、もしかしたら親戚一同も父から何も聞き出せなかったのではあるまいか。

伯母が挨拶もそこそこに帰ってしまった後、落葉時雨もはたと止んで、親子三人、正午過ぎの仄暗い坐敷に取り残されて、何となく言葉も途切れた。

「私ね、今まで黙ってたけど、お父さんがいなくなってから二年位して伯母さんの家へ内緒で遊びに行ったことがあるの」

美恵子の声は普段の明るさを取り戻していた。

「そしたらね、伯父さんと伯母さんが話しているのを聞いたのよ。まゆさんは最初からこうなるの判ってたんじゃないか、判ってて行かせるままにしたんだって。私、ショックだった。きっと帰ってくると思ってたから」

「行かせるままに……じゃあないけど。ずーっと待っていたら自分が自分でなくなるような、人間の女ですらなくなるような、そんな気がしてきたの」

――五年間、母は人知れず茅の原に飛び込んでは、待っている身のわらわらと変容する自分を幾度でも痛い飛沫で洗い続けたのではあるまいか――。そして父を慕っていた美恵子はもっと長い間、あるいは少女時代の終る頃まで、その人の帰るのを信じ続けていたのだろう。

そして自分は、と弓は考える。

先週も久し振りに夫と待ち合わせて婚約時代よく通った小さなバーに行った時、グラスの氷を揺らした夫の後に、弓は浴衣を着てくつろいだ父の幻を見たばかりだった。微かにかしいだ夫の背後に水門のように時の扉が開いて、「黄昏酒だね」と父と混じり合う夫の声がした。弓は驚いて声をあげそうになった。そう言えば夫は丁度姿を消す前の父と同じ齢ぐらいになっている。

母から姉に、余り愛されなかった妹に、思いは見えないバトンになって、二十年も経って、随分遅くなって自分の番になったものだ、と弓は一人で微笑《わら》った。

「あの人ね、良く言ってたわ。こんな小さな盆地の町の、からたちの垣根に囲まれた小さな家で人生を終らせたくないって。それがねえ。この風の鳴る小さな盆地の、からたちの垣根のある小さな家が、今のあの人の夢の中心なんだから」

それでは二十五年前の父の夢の中心は何処にあったのか。

何故父は順調だった仕事を辞めてまで、転々と彷徨わなければならなかったのか。

手付と飲み口に柊の模様をつけた一対のマグカップは誰に贈られたのか。

弓の喉元を熱くて鋭いものが今でもつかえているのだが、どうしてもそれを取り出してまゆに示すことが出来ない。

——その人は私達から逃れて行ったのだ

私達はめいめいの方法と、時をかけて待ち、待ち続けた後に追放したのだ。

許せないからではない。また新たな時をかけて、幻の霞網でその人を追うために——。

（八）

子供を義母に預けてきたから、もう帰ると言う美恵子を送って、三人で二本の傘をさして家を出た。

空はわずかに明るさを増したが雨はまだ止みそうにない。どの庭にも残菊が雨に打たれて萎れ、道端には黒ずんだ泡立草が倒れている。野は既に色彩を消す季節を迎えているらしい。

「だんだん寂しくなるわねえ」

と弓が言うと、でも白菜や里芋や大根や、根菜がみんな美味しくなるわ、と美恵子がわずかに残った畑を見ながら答えた。

それからは順々に秋から冬にかけての賑やかな料理談議になった。

ぬかるみの多い道を歩きにくそうにして、少し遅れがちだったまゆが急に立ち止まって「あっ」と大きな声をあげた。

「どうしたの」

弓も美恵子も驚いて振り返った。

「ふふっ。一句浮かんだわ。

髪切って野分けの中を帰り来ぬ」

あきれ顔で立ち止まった二人はちょっと季節はずれの句を口の中で思わず繰り返した。

――なるほど。胡麻の畑の土地続きに墓を買い、埋葬を済ませたら、今度は少女のように髪を切って、さっそうと同じ道を引き返してきたわけか、お母さん、なかなか頼もしいわね――。

そんな気持を込めて弓は母の銀白の髪を眺めた。

何処かで落ち葉を燃やしているのだろうか。うっすらと紫色をした煙が流れてくる。

「私だって一句出来たわ
芒野や死よりも遠き野辺おくり」

弓は大きな声を張りあげてまゆを見た。

「おまえ、私のことは言えないじゃない。俳句、下手ねえ」

ゆっくり歩いてきたはずなのにもう駅前まで来てしまっている。塔のように見える歩道橋の下を白い犬が尾を振りながら歩いてきて擦れ違った。

その時、おみやげのクッキーの箱を大事そうに抱えていた美恵子がパチッと音をさせて傘を閉じた。

「残念！　私はどうしても一句浮かばない」

口惜しそうに吊り上がった美恵子の目を見ながらまゆと弓は寄り添って笑った。

チョコレート夜話

一夜

「ねえ、チョコレート食べない」

妻の大きな声が勿論聞こえてはいるのだが返事をするのが億劫なほど僕は読書に夢中になっていた。

読書というと少し語弊があるかもしれない。マンションの玄関に捨ててあった『フライデー』を読んでいたのだ。雑誌に即時性がなければならないというのは誤りだ。二週間前の『フライデー』は大掃除をして畳の下から殺虫剤の匂いのする十年前の新聞を取り出して読むのと同じくらい、なつかしくも興味深い。

「ねえ、チョコレート」

妻がまた叫ぶ。

「食べるよ」と返事をしておいて立ち上がるともう妻はお盆を持って立っている。パジャマの上にカーディガンをはおり、髪に派手なピンクのヘアバンドをしている。小柄なせいか歳よりは少し若く見えるが、三十歳を過ぎたのだから大きなリボンがついているのは、やはり止めた方が良いと思う。

「流行なのよ」と今朝得意気に言って僕を送り出した時は紺色のをしていた気がする。主婦になって五年、三千円以下で手に入る流行には特に敏感になっているのだ。

「ギブミーチョコレート」

やにわに伸ばした手をピシッと叩かれた。

「かをりのトリフよ」

厳粛な面持で小さなトレーに並べられたチョコレートの中から金色のを一つ、銀色のを一つ配ってくれた。

『かをり』のトリフは表面が少し硬くて中に何か入っている気配がするが、歯をあててチョコレートの外皮を剝くと練り状のチョコレートが入っているだけなので少し騙されたような気になる。

「金のも、銀のも、中に入っているのはこれだけ？」

僕がそう言うと妻はさも軽蔑したように、

「これが美味しいのよ、いい匂い」と言う。

僕はもうその時は丸い練り状のチョコレートボールも食べてしまった後なので匂いは嗅ぐことが出来なかった。

「チョコレートって美味しいわね」

妻は器用に外皮と中身を兎のように歯で齧り分けては食べ比べている。

『かをり』のトリフでなくてもチョコレートは確かに美味い。

「私、ちっちゃい時初めてチョコレートエクレアを食べた時のこと忘れない。御飯なんか毎日おにぎりでもいいからランチボックスの中に毎日あれが一つづつ入っていたらどんなにいいだろうと思った」

彼女は思い出の為かトリフの為か、うっとりした目のまま、まだ一つのチョコレートが食べ終らない。美味い物を誰かと一緒に食べる時は同じ速度で食べるのが礼儀だということを教わらなかったのだろうか。

「僕は硬いチョコレートの瓦みたいなぶっかきの方が好きだな、こんな位でっかい奴」

甚だ幼稚だとは思ったが僕としてはでっかいぶっかきチョコレートを一片口に入れたつもりになって、がぶりとお茶を飲むしかなかった。

妻はやっと二箇目のトリフに手を伸ばして僕の方をジロッと睨んだ。

「それからほら、オレンジの皮にチョコレートを被せてある、あれも美味しいわよねえ。ホビットのバナナ位の大きさで。昔セルジュで計りで売ってたじゃない」

「僕はあれ嫌いだ。苦いじゃないか。それよりチョコチップクッキーの方がいいなあ。クッキーの中にちっちゃなチョコレートがざくざく入っている奴」

妻は二度目に僕をジロッと睨み、立ち上がった。

「でっかいぶっかきチョコ。チョコレートざくざくのクッキー。つまりあなたには量が問題なのね」

捨て科白を残して洗面所に行きかけた妻の背中を今度は僕がジロッと睨んだ。

『かをり』のトリフはまだ残っているはずだと台所に捜しに行きかけた時、トイレの中で妻が「あっ」と大きな声をあげた。

「ねえ、ちょっとどうしよう」

血相を変えて出て来た妻の髪が異様に乱れている。

「ホビットの痴漢でも出たの」

「違うのよ、ねえ、ほら。あたしヘアバンドを流しちゃったの」

そう言えばあの年齢不相応なリボンが髪から消えている。

「立ち上がった時するっと後へはずれてね、途端に下に落ちちゃったの。つまっちゃうかしら、つまっちゃうわよねえ」

僕は慌てている彼女の顔を見て内心ほくそえんだ。神は女の驕慢を長くは見過ごしにならなかったわけだ。

幸い幾度か試しに水を流してみたが詰まっている気配はない。

その後、夜半になって今度は僕が手洗いに立った時急にしおらしくなった妻が洗面所までついてきて早口に言った。

「あのね、小だったら流れるけど、大の方だとね、詰まるかもしれないから当分家でするのは止めてね」

僕は最初は意味が良く判らなかったが、すぐに納得した。

「わかった協力するよ。褒美は残りのトリフでいいよ」

我ながら浅ましいと思ったが、僕はもう一度あのトリフを外皮と内側を別々に心ゆくまで賞味してみようと決めていたのだ。

僕はその後急に仕事が忙しくなって夜遅く帰る日が続いた。二人家族というのは厄介なもので片方の不在が長引くのに比例して、もう片方のボルテージが下がる。

玄関へ入るとすぐに待っていましたとばかり浴びせられたお喋りは三日目位から急に下降線をたどり、一週間を過ぎた頃から妻は急に寡黙になった。

遅い食事。慌しい入浴。狭い部屋の中で幾度かすれ違い、その度、「今日何してたの」とか「元気？」とか声をかけるのだが妻の視線は無気力で返事はごく短い。

せめて寝る時位、と思って睡魔と戦いながら、「鰻の寝床にどじょうが居てね、そこどいてよと言ったら、さあどうじょう」などと言っても妻は傍らで目をパッチリ開けたままニコリともしない。

朝、出かける時に「ゴメンネ、そのうち暇になったら一緒に遊ぼ」と虚しい呼びかけをしたりするのだが子供のように、「うん」とこっくりをするだけでぼんやりしている。

そんな日々が一ヶ月位続いたろうか。やっと仕事が一段落ついた夕刻、僕は家へ電話をかけた。五、六回鳴ってやっと出る。化石のように暗い声だ。僕は思いきり弾んだ声で、「帰るコールさ」と言った。

「ねえ、何かおみやげを買って帰ろうか」

デパートがあいている時間に帰れるのも久し振りだ。

妻の反応は素早かった。

「ザッハトルテ」

ザッハトルテ。その電光石火のカタカナは僕の耳に仕返しのように響いた。

二人では到底食べきれないぐらいの一台の大きなザッハトルテ。それは僕が日頃買いたがっていた本の値段と同じだった。

その夜食事の後、僕達はホテル・ザッハが作ったのではない『モントロー』のザッハトルテを四つに切り、その半分を食べた。

彼女の不機嫌と憂鬱は珈琲を飲み、ザッハトルテを一口食べる毎に氷解してゆくらしかった。

「チョコレートって人間の心を溶かすものなのね。パイやクッキーにはないある種の未知の滑らかさがあるのよ」

僕は結婚前、デートが出来ない日が続くと彼女が日々抽象的なものの言い方になってくる癖があったことを思い出した。

孤独によって情念が高揚してくる女と、観念的な言葉の世界にふらふらっと迷い出てしまう女と二種類あって、きっと彼女は後者なのだろう。

「待つことって、とても不思議よ。身体を一定の冷たさに保っていると不安がゼリーみたいに固まってゆくのが判るの。ちょっと震えたりしながら、何かがどんどん透き通ってくるの」

ザッハトルテを一口食べては淀みなく彼女は喋り続ける。幸いなことに不安のゼリーはあらかた溶けかかっているらしい。

「長く待っているとね、不在が充満するって言うのかしら。不安と期待がピッタリ拮抗する瞬間があって、その時は時間がはっきり止まるの。あなたの旦那様は今、この時死にました、そう言われてもその時だったら深く頷いて納得すると思うの」

待つということはそれではやはり呪いの一種なのだろうか。

僕はなんだか急に薄気味悪くなって、ザッハトルテのチョコレートのひらひらを口一杯に頬ばった。甘い波は不安な程即座に溶けた。

見つめていた妻がゆっくりと僕の唇に指を伸ばしてそのはみだした分をぬぐった。

三夜

夕食の後、珍しく妻がお茶も入れずにせっせと洗い物をしている。テレビも飽きたし、風呂にでも入ろう、と立ち上がりかけたら急いで、「待って」とすっとんできた。濡れたままの手に何やら大きな紙袋を持っている。

「何、それ」

返事の代わりに逆さにすると中からキャラメルやらポテトチップの袋に混じってとりどりの小さな箱がバラバラッと出てきた。

「お花見セットよ」

マーケットのレジ付近に山と積まれていたのを思わず買ってきてしまったのだと言う。

「たけのこの里、森のどんぐり、つくんこ。何これ？」

「つまりね、たけのこやどんぐりやつくしの型のクッキーにチョコレートをまぶしてあるお菓子。これがね、意外と美味しいの」

僕は呆れて妻の顔をつくづく眺めてしまった。結婚する前はすごい気取り屋で、練りきりの和菓子や有名店のケーキ、クッキー以外おおよそ袋に入った菓子などみんな〝駄菓子〟と呼んで振り向きもしなかった彼女の何という豹変振り。

「本当に美味しいの？」

半分はひやかすつもりでひょいとたけのこの里に手を伸ばすと慌てて紙袋の中に一纏めに戻してしまった。

「そんなにたくさん、どうするの」

「あたり前よ、お花見に行って食べるの」

確かに桜前線は都心を北上しつつある。けれども日がのびたとはいえもうすぐ九時だ。

「夜桜を見るわけ」

通勤に便利という理由だけで環境の悪いこのマンションに引っ越してきて二年。僕は近辺に桜の名所なんかあっただろうか、と考えた。

「バスよバス」

妻の説明によると近所から幸町循環バスというのが出ているのだと言う。そのバスの中から夜桜を見ようと言うのだ。

夜のバスに乗って、たけのこの里やつくんこを食べながら桜見物、という意外な成行きにたじろいでいる僕の心中を察したらしく、妻はあっという間に例の大きな紙袋と水筒までぶら下げて外出の支度を整えてしまった。

「お菓子を食べるから当然お茶も必要でしょ、砂糖を入れないダージリンにしたから」

そこはやはり気取り屋の成れの果て、菓子は絶対にお茶と一緒でないと食べないという鉄則だけは守っているらしい。

不承不承出てきたものの、風は柔かいし、街路樹の柳は絹糸のような新芽を垂らして光っている。ぱあーと明るいがら空きのバスの一番後の席に妻と並んで腰かけると僕も急に何だか楽しくなってきた。

「あっ、桜」

一つ目の停留所に着く前に妻が声をあげた。小学校の校庭に六分咲きの清潔そうな桜が新任の女教師のようにほのかに赤く佇んでいた。

「世の中にたえてさくらのなかりせば春の心はのどけからまし」

見えなくなってゆく桜の方を振り返って僕は口ずさみ、たけのこの里を三つほど口の中に放り込んだ。

「ホラ、またあった」

口の中でたけのこの里がグジュグジュに崩れている頃、今度は僕が見つけた。

郵便局らしい。夜目に〒の字のマークがほんのり浮かび、小さな支所の狭い間口を隠すように痩せた桜が咲いている。

「停年退職の桜みたい」と妻は言い、つくんこに手を伸ばしてうたった。

「行きくれて木の下陰を宿とせば花やこよひの主《あるじ》ならまし」
四、五人はいたバスの乗客も次々と降りてしまい車内は益々ガランとしてきた。運転手が少しスピードを出し始めた頃、「わあー、すごい」と二人一緒に声をあげた。
「ここ何屋?」と言いながら暗い屋敷内を覗くようにしたのだけれど高い塀の向こうは真暗で

灯も漏れてこない。ただ大きな桜の枝が車道にまで雪崩れるように咲き誇っている。

「ねがはくは花の下にて春死なんその如月のもちづきのころ」

桜はどんどん枝を伸ばすから余程敷地が広くないと植えられないらしい。僕達が次々に見つける桜はやはり学校や団地の中などに多かった。

自転車置場を照らす灯の側で半身だけ沐浴するように腕を伸ばすまだ若い桜の木々。

「櫻ばないのち一ぱいに咲くからに生命《いのち》をかけてわが眺めたり」

僕の知らない現代的な歌を妻がすらすらと口ずさむ。

これは負けてはいられない。

最初は軽い座興のつもりで始めたのだが妻と交互に桜を見つける度に歌ってくると俄かに暗黙のゲームとなってきてしまった。

「あっ」と袖を引かれるとちょっとドキッとする。「ふふ、あれは木蓮よ」と妻はすましている。この余裕。もしかしたら彼女はこうなることを予測して予習をしてきたのではあるまいか。

僕は紙袋をガサガサ言わせながら桜の歌で手持ちがあと幾つぐらいあるだろう、とつい考えてしまった。

それにしてもバスで循環する小さな町にしては案外と桜が多い。

「えーと、桜の下に死体が埋まっているというのは歌じゃなかったし……」

そんな僕の内心の声を知ってか知らずか妻が小声で言う。

「もう少し行くとお寺があって、そこにも桜の木があるはずよ」

止まらないバスの速度は意外と速い。「ほらね」妻が指さす桜の満ちたりた花の波を見た時、僕の心に思いがけず湯が湧くような暖い思いが満ちて言葉が自然に出た。

「ひさかたのひかりのどけき春の日にしづ心なく花の散るらむ」

歌はそのまま霊となって桜の傍らにそっと寄り添ってゆくように思えた。

「あんな方にも咲いてるよ」

赤信号でバスが止まった時、背伸びして僕が指さすと、「ほんと、白い火事みたい」と言ったきり妻は水筒を抱えたままちょっと思案しているようだった。

「さくら花幾春かけて老いゆかん身に水流の音ひびくなり」

これではもう予習は歴然である。僕は思わず後どのくらいで一回りになるのか彼女に聞きそうになってしまった。

紅茶は失くなっている。紙袋の中には森のどんぐりが幾つかあるだけ。

「これちょっと甘すぎるんじゃない」と言っても彼女は夜の町に桜の花を見つけるのに余念がない。

風呂屋の煙突が黒々と聳えているのが見えてきた。しめしめ、この辺なら僕だってもう知っている。マンションのごく近くまで来ているに違いない。

「最後の桜よ」

質屋の矢印のすぐ後を彼女が顎でしゃくって見せた。

「見わたせば柳桜をこきまぜて都ぞ春の錦なりける」

これで確かに手持ちは全部、という思いで僕はゆっくりと歌った。

やれやれ、もう二つ程停留所を残すだけだ。ここまでくれば桜の木などどんな細いのも一本もないことぐらい、幾らぼんやりの僕でもわかっている。

彼女も観念したらしく水筒をしまいかけた時、バスがスウーと止まった。珍しく乗客がいるらしい。

かなり足元の危い酔っぱらいの男がよろよろ車内に入って来た時、二人共思わず、「あっ」と声をあげた。染井吉野の八分咲き。見事な桜の大枝を彼は担いでいたのだ。

狼狽醒めやらぬ態の妻がやっと口を開いた。

「この世をばわが世とぞ思う望月の」

僕が指摘するまでもない。上の句まで歌って彼女ははっと口をつぐんだ。

「それ、桜とは関係ない歌だよ」

背後で口惜しげな溜息が聞こえた。

欠けたることのなきと思えば、下の句を心の中で反芻しながら僕は上機嫌で降車ボタンを押した。

四夜

気候が良くなったせいだろうか。この頃急にビールが美味くなった。

会社が退けて、まだ青さの残っている街を見ながら、ちょっと一杯、などと思っていると丁度うまい具合に友達やら同僚から誘いがかかる。男はみな一様にこの季節になると同じ情緒の高揚を覚えるらしい。

「ちょっと最近頻繁すぎるかな」

まだ酔いの残っている顔を一瞬引き締めてエレベーターの中で時計を見る。零時三十分を回っている。この時刻ならまず妻が起きているということもあるまい。

チャイムも鳴らさずにそっと玄関へ入る。寝静まった暗い室内を想像していた僕は部屋へ入るなり驚いた。煌煌と灯をつけた部屋にパジャマに着替えてもいない妻が待ち構えていたのだ。

「どうかしたの」

「その前に誰と何処で飲んでいたのか、あるいは一緒に居たのか、言って貰います」

僕はふいを突かれた形でドギマギしてすぐには声が出なかった。

「何処。誰と、えーと」

言い淀む僕を見据える妻の目つきが益々鋭くなる。

「この頃、誰と会っているわけ？　本当のことを言って欲しいの。すぐすぐ実家へ帰るとか離婚とか大騒ぎはしませんから」

「何の話」

もう随分大騒ぎをしているような気がして僕は訳が判らずポカンとするばかり。

「今さっきね、女の人から電話があったの。いいえ、私は寝呆けてなんかいません。滅多にない程頭は冴えています。お宅の旦那様をこれから帰すわ、そう言って電話は切れたのよ」

僕はやっと事情が呑み込めた。そしてホッとするやらバカバカしいやらで途端に舌が滑らかになって最近たて続けに会った友人の名やら、一緒に行ったスナックの場所やらをベラベラ喋った。

けれど容易に妻は態度を和らげない。

「間違い電話じゃないの。坂井なんて名字はいくらでもあるし」

「そんなことないわ。家の番号は電話帳には載せていないし、それにはっきりこっちの名を言っても怯んだ様子もなかったわ」

歳は二十五歳から三十歳までの間。話し方からするときちんとした会社のＯＬ風。多分髪が長くて容姿にも自信のある女の人。

妻の確信ありげな推定で僕もつい、あてはまる知り合いの女性を次々に思い浮かべたりしてしまった。

「あなたの旦那様をこれから帰します、ってそれしか言ってないのにどうしてそんな詳しいことまで判るのさ」

「きちんと推理すればそんなことぐらいすぐ判るわ。発声の仕方とか、言い方で電話に慣れてる人ってピンときたわ。一日に数十回電話を受けたりかけたりしなければあんな風には言えないわ。それに髪が耳や首筋にかかる人って丁度あゝいう区切り方で喋る人が多いのよ。私がどなた様ですかって言ったのを聞いてから間を置いて電話を切ったのよ。容姿に自信のある女特有の挑戦的な気配がしたわ」

その後、僕は弁解に努めた。浮気の事実はないにしても、毎晩帰りを待っていてくれる妻を放っておいて幾晩もいい気持で飲み歩いていたのは確かなのである。

最後に蛇足だとは思ったが背広のポケットに手を突っ込んで今夜飲んでいたパブのマッチを取り出した。

「ナジャ。ふうん、六本木なの。だとしたら女から電話があって二十分足らずで帰ってこれるわけないわね」

「なっ、そうだろう」

「でも女が電話したのを知ってたとしたら……アリバイ工作の為にわざと遠い所のマッチを捜して持ってきたってこともありえるわね」

僕はこの期に及んでやっと妻の疑惑が普通の焼餅とちょっと違うんじゃないか、と気づいたのだ。

「そんな根拠の薄いことで焼餅焼いてないで何か食うものくれない。飲んでばかりで腹が減っちゃったよ」

僕は妻がはっとたじろぐのがわかった。焼餅という言葉が気に障ったのだ。彼女は普段まったく必要のない時に、「私は淡白で嫉妬なんてどんな感情か想像もつかない」と言い続けてきたのだ。

妻がしぶしぶ台所に立って行った後、僕は急に酔いが戻ってきたのを感じた。ビールとウイスキーをちゃんぽんに飲んだのがいけなかったらしい。あっさりお茶漬けでも食べて、さっさと眠ってしまいたい。

「はい、これ」

妻が差し出してくれたマグカップの中を見て僕はぎょっとした。

「何、これココアじゃないか」

「違うわ、ホットチョコレートよ」

乾煎りしたココアパウダーに牛乳を少しづつ加えて煮たて、その中に刻んだチョコレートをどっさり入れ、ブランデーを垂らし、仕上げにホイップした生クリームを浮かせたのだと言う。

僕はもうその過程を聞いただけで吐き気がしてきた。

「美味しいわよ。気をつけてね、下は熱いから。生クリームをちょっと唇で向こう側へ押すようにして飲むのがこつよ」

止むを得ず妻の苦心のホットチョコレートを一口すする。怖しくこってりしていて甘い。

「チョコレートの溝みたい。こんな飲み物を有難がるのはポアロぐらいだよ」

ポアロ、そうだ。酔いと吐き気と戦いながら僕は一挙に悟った。連れ添って五年、彼女の発想の単純さを知りつくしている僕としたことが迂闊だった。

「君、今推理小説を読んでいない？」

「読み終ったところよ。ホロー荘殺人事件。クリスティの中でもこれはアクロイドと並ぶ彼女の傑作よ、だいいちこれは一種の恋愛小説だと思うわ」

僕はやっと思い出した。自分の夫が浮気をしていることを知った大人しい妻が偶像のように崇めていた夫を射殺する……。

「焼餅って怖いねえ。僕はもし浮気をしても奥さんの所へ嫉妬に狂って電話をしてくる女とはゴメンだね」

妻はホットチョコレートを嬉しそうにピチャピチャ舐めながらあからさまに冷笑して見せた。

「男の悲劇って言うのはね、焼餅をやかない女がいるなんてことをいつまでも信じているってことよ」

五夜

妻が〝だるいだけ〟の自覚症状しかない厄介な腎臓病を患っていることが判ってからもう半月になる。

「だって痛くも痒くもないのよ。ただね、嘘みたいにだるいの」

痛みがない病気なんて理不尽だとでも言いたそうな口振りでしばらくは神妙にしていたが一週間もたつと又、家事や外出を始めた。

すると〝だるいだけ〟が症状ではないと言わんばかりに二、三日すると妻の顔が見る見るうちにむくんできた。

むくみというのは奇妙なものだ。もともと妻は少し痩せ型で顔なども小さい方なのだが、ある朝「ねえ、ハムエッグにする、オムレツがいい？」と僕を起しに来た時、急に場所ふさぎなほど嵩張っている彼女の顔を見て、ちょっと呆然として、その次には悪いと思ったがつい大笑いしてしまった。

「今朝、君の顔すごく変だよ」

笑いが治ってからやっとそう言うと妻は洗面所へ飛んで行った。彼女は当然のこととして僕よりはこの病気の特徴を詳しく知っていたので、洗面所から出て来た時は大分悲観的になっていた。

「ついに来るべき時がきたわ」

心配だから(それにちょっと興味も手伝って)意気消沈している彼女を早速病院に連れて行った。尿検査の後、僕も一緒に診察室に呼ばれた。

「だるいだけでも病気は病気、それも進行形の慢性病」と言い渡され、二人して懇懇と医師に説教された。長々と食餌療法の講義を受け、やっと解放された時妻が思いつめた口振りで尋ねた。

「あの、甘いものをとりすぎて顔がふくれるなんてことありませんよね」

彼女の幼稚な質問に医師は笑った。

「むくみは太るのと違います。貴方の場合、糖質、蛋白質は寧ろ多目に摂取して下さい」

新薬だけでは副作用が心配、と言う医師の忠告に従って彼女は漢方薬も処方して貰うことにした。

蟄居、安静、高蛋白減塩の食餌療法。簡単なようでいて、自由気儘だけが生活信条だった夫婦にとってこれは大変守りにくいことだということがすぐに骨身に浸みてわかった。

一週間、二週間経っても彼女の顔のむくみは消えず、特に朝と夜が甚しい。

グリンピースが空豆位に、酒饅頭があんパン位に、と言えば判って貰えるだろうか。

「頬っぺたが重いのよ。パックなんかするとね今までの倍位量がいるの」

それに安静よりも減塩よりももっと重大な障害がやがて持ち上がった。

回復が遅れるので漢方の煎じ薬が処方の度益々増え、益々苦く、益々匂いが強くなり、「元の面積に戻りますように」という彼女の呪文だけでは到底飲み干せなくなってしまったのだ。

今朝も彼女は『空腹時に服用』という注意が守れなかった。

「だってものすごく臭いのよ、苦いし。一口飲むと、ううん、飲もうとするだけで吐き気がしてくるの」

滅多にないような悄気《しょげ》振りで嵩張った顔が訴えると僕もつい、どうしても飲むべきだと言い出せなくなってしまう。

カプセルもオブラートも無理だし……。帰途につく僕の心も湿りがちだった。彼女はきっと薬を飲む代りに〝安静しっぱなし〟を選んでいるだろうと想像しながら部屋へ入ると思いがけなく明るい声が迎えた。

「おかえりなさい」

台所から煎じ薬のあのえも言われぬ匂いが漂ってくる。

「薬どうしたの」と聞くと彼女はいとも簡単に「飲むのよ」と言う。

「飲めるようになったの?」

まあ見てて、と言わんばかりに彼女は悲愴な面持でその真黒の液体をゴクゴク飲み干した。飲み終るやいなや手の中にあったものを口の中に放り込んだ。

まるで臭いものに蓋をするように。

彼女の顰めっ面は瞬時に消えた。その早いこと。まるで神業のようで僕は思わず背広を着たまま拍手をしてしまいそうだった。

彼女の早業に見惚れてちょっとぼうっとしていた僕ははっと我に帰って空の手の平を覗き込んだ。

「何、食べたの」

嵩張った顔に艶然とした笑みを浮かべて妻は言った。

「キスミーチョコレート」

花火の前

（一）

「はあ、おはようさん」

片手をちょっと上げていつもの挨拶をしたら、コーヒーをたてとった『梨花』の文《あや》ちゃんが静かに目を上げた。

「いらっしゃいませ」と言うたはずや。いや、「おはようございます」だったのかもしれん。どっちにしても、いつもよりその声はずっと低うて、細い。

俺は「またやったな」と思いながら勝手口近く、お恵婆さんのおる主屋の方をちらっと見た。

案の定、『梨花』でかけとるラジオの合い間にお恵婆さんのお経の声が普段より大きく聞こえてくる。

「今年は空梅雨で困りましたねえ」

文ちゃんは十年位前、東京から嫁に来たもんやで、この辺のおばさんより言葉がきれいや。

「ふん、おばんになってまできどりおる」姑のお恵婆さんはそのことだけでも腹が立つらしい。そやけど俺は朝ぐらいは文ちゃんの嫁に来た時そのままのような少しはにかんだ東京弁を聞きたいと思う。

「あら、雨宮さん、いいシャツ着てらっしゃるのね」

泣き顔を見られたとでも思たんか、文ちゃんはいつもより口数が多い。

「東京の息子の嫁が送ってきよった。少し派手やて母ちゃんは言うとったけど、うつるやろ」

まったく文ちゃんは性格がええ。他人が着とるもんで様子がええと思ったらこんな風にまっすぐ褒めるもんや。そこへいくとうちの母ちゃんは根性が悪い。

「せっかく送ってもうても、こんな派手やとよう着れんな」などとぬかしよった。どこが派手なもんか。きょう日は年よりほどはっきりした洋服を着んことには汚ならしくてあかん。

「守さんのお嫁さん、ハイカラな人ですものね。センスがいいわ」

たてたばかりのコーヒーを梨花特製の大きなカップになみなみ入れて、また文ちゃんが褒める。

「そうやろか、まあ守は俺に似て面食いやでなあ」

今朝は俺が『梨花』の一番目の客やで少しは笑かしてにぎやかさんならん気がする。

「モーニングにします？」

「いーや、飯は家で済ませた」

ゆで卵用の塩入れを片付けながら文ちゃんは急に盛り上がってきた涙を押さえた。

「またやったんか、お恵婆さんも片意地張りやであかんわなあ」

文ちゃんは何も答えんとふっと気弱げに笑ってみせた。

朝はやっぱし『梨花』が一番やなあ。モーニングはいっつもゆで卵とジャムトーストしかないけど。

一口飲んで、また砂糖入れに手を伸ばす。『梨花』はあのちっちゃいセロファン袋に入った砂糖にせんとこがええ。年寄りは指先に力が入らんで、あのギザギザの袋はどうも苦手や。力余って床にぶち撒けてしもたことが何遍あったかわからん。

それに何よりも好きなだけ砂糖が入れられる。

ちょっとも甘ないなあ、と思いながら飲んどって、お終い頃から急に甘なる、あの感じはいつもええ。

「お父さん、そんなにお砂糖ばかり入れるから胃潰瘍になるんですよ」といつか嫁が見咎めて言いよった。

「カフェインの量なんかよりコーヒーはミルクと砂糖がいけないんですよ」

「ああ、さよか」と言ってこれ見よがしにまたボチャンボチャン砂糖を入れてやったら、細く描いとる眉をきりきり上げて、「また手術、なんてことになっても守さんも私ももう来てあげませんよ」と俺を睨んだ。

アホらしい。胃潰瘍ができたらまた切ればええ。胃が全然失《の》うなるまで、俺はコーヒーは止めへん。

「せめて一日一杯になさったら」

母ちゃんと同じことを言うもんやで、「一日一杯やと飲んだ気がせん。俺は六十になってからコーヒーを飲みだしたんやから十年で六十年分取り戻さんならん。それに俺が行かなんだらこの町の喫茶店、五件は潰れる」て言うたった。

嫁らしゅうしかつめらしい顔をしとったくせに直子はそれを聞いて笑い出してしもた。

「そんなに好きじゃあしょうがないわね。まあ、お酒を飲むよりいいかもしれないわ」

直子は笑うと途端に子供っぽくなる。子を産んだことがないでやろか。

「それにお父さん、舌が肥えてるわ。梨花のコーヒーは東京にもちょっとないぐらい美味しいもの」

本当に直子は可愛気がある。そこへ行くと母ちゃんはいつ連れて来ても、「梨花のコーヒーは苦うて、苦うて」と顔をしかめる。あいつはいつまでたっても本物のコーヒーの味がわからへん。

それにしても、『梨花』は空いとる。一ヶ月位前までは俺の前に必ず来とった正ちゃんも来んようになった。

大通りにある『カトレア』に毎朝通っとるらしい。

「あそこはコーヒーが飲み放題、パンかて食い放題や。梨花はいつ行ってもゆで卵だけや。朝はカトレアに行かな損する」と自慢そうに言うとった。

正ちゃんのように俺はしみったれやない。それに『カトレア』のコーヒーの薄いこと、以前飲んだ時俺は本当にほうじ茶やないやろかと思《おも》たぐらいや。

「あんた、朝は梨花に決めとるんか」と母ちゃんはちょっと妙な目つきで俺を見る。あほらしい。五年も前の噂をまだ信じとるらしい。

「そうや、俺は文ちゃんには義理があるんや。義理欠いたら男の屑やしなあ」と言うたった。

五年前、長く患いもせんと母ちゃんの親がポックリ死んだ。なあ、そうなりゃあ婿の天下や。三十年も入り婿や言われ続けて、肩身狭うして、パチンコ一つしやなんだ。そんでもみんなが俺のことを甲斐性無し、と思とることぐらいよう知っとった。

甲斐性無しにしたんはどこのどいつや。大の男を娘のように入り婿させて、働きがないことがわかったら、娘の将来が案じられる言うて、舅はその頃出来たばっかの駅のほん近くに自転車置場を作って一日中店番させた。母ちゃんと変わりばんこ、変わりばんこ。照る日も曇る日もや。確かに戦争のせいでちょっと跛《びっこ》やったし、別に手に職があったわけやない。最初の何年かは有難いとも思ったわな。

「へえ、気いつけてな」と送り出し、「おかえり」と迎えて自転車を店の外まで押してくだけや。俺も若かったし、母ちゃんかて若かった。自転車なんかほんに紙飛行機みたいに軽う感じた。ラジオ聞いたり、テレビ買うてからはつけっぱなしにして店番だけしとったらええ。楽なもんや。ええ身分や言われて安気にしとったように見えたやろ。

ふん、つまらん人生や。子供が出来てからは母ちゃんも舅も姑もみんな子供にかかりっきりや。俺が一人ぽつんと店番しとっても俺のことなんぞ忘れたみたいに茶飲んだり、菓子食うたり。入り婿や思てバカにしとったんや。七人兄妹の二番目。名も身上もない実家やったから種馬にもろてやったぐらいに思とったんやろ。

それやで、舅と姑が続けてポックリいってしもて、最初は何が何やらわからんかったが、四十九日のお寺の帰りに俺はやっと「ああ、これからは俺が主人や」て気がついたんや。そしたら急に気が大きなって、「よし、俺が奢ったる」言うて初めて『梨花』に兄妹みんなを連れて行った。

あの頃はこの町にも喫茶店なんかようけはなかった。『梨花』かて出来たてのホヤホヤやった。東京の大学出た仙坊が嫁さん連れて帰ってきて始めたんや。

ほんとにあの頃の文ちゃんは初々しゅうて、交通事故で死んだ仙坊と熱々の新婚やった。

「いらっしゃいませ」

白いエプロンつけた文ちゃんがメニュー持ってきてくれると、俺は空元気つけて、「コーヒー、七つ」と怒鳴った。

一口飲んでびっくりした。まるで豆の煎汁や。

「こりゃあ煎じすぎや、苦うて飲めん」

俺がそう言うと、文ちゃんはビックリした顔をして、そやけどすぐニッコリ笑って、「コーヒーってこの苦さが美味しいんですけど……、でも慣れてない人にはアメリカンの方が良かったかしら」と言うてくれた。

今思い出しても顔が赤うなる。あの時俺は、「アメリカ、アメリカはなお嫌いや、アメリカのおかげで跛になったんや」て怒鳴ったんやから。

あの時は仙坊が四人席を二つ寄せて、細長いテーブルにしてくれた。お寺の帰りやで、みんな黒い服を着とった。それでも四十九日が済んだら喪も明ける。

「兄さんも、まあこれでやれやれですよ」

そう弟の増夫が口を切ったら、みんなで「そやそや」言いながら頷きよった。俺はじんわり嬉しなってきた。

砂糖が底の方に残っとったんやなあ。

カップに残ったコーヒーをぐっと飲んだ。

ええ匂いや。あの時のコーヒーの美味かったこと、忘れられん。苦くて、甘くて。今までの苦労がみんな報われたようなええ味やった。

酔ったようになってしもて、「これは酒でも入っとるのか」と聞いたら文ちゃんが「コーヒーってちょっといい気持になる時があるんですよ」と仙坊と顔を見合わせて嬉しそうに言うた。考えてみれば文ちゃんもあの頃が華やった。

翌日俺は一人で、本当はちょっとビクビクしながら『梨花』に行った。

どこに坐ったらええかキョロキョロしとると文ちゃんが、「昨日はどうも」と言いながら持ってきてくれた水をカウンターの席の前にコトッと置いた。

「昨日とおんなじもん」言うたら文ちゃんがはっきりした声で、「マスター、アメリカン」と自分の亭主に言うんや。それがえらいハイカラで、「東京式やなあ」と俺はすっかり感心した。「マスター、アメリカン」なんて自分の亭主になかなか言えるもんやない。

コーヒーを飲んどると急に昨日と同じぐらい俺はええ気持になってきた。

外は北風が吹いて寒い日やったけど、店の中はぽかぽかや。カウンターの中で仙坊と文ちゃんは洗い物しながら楽しそうに喋っとる。まるで番の鳥や。コーヒーカップを両手で包むようにして俺はちびちび飲んだ。飲み干すのが惜しいような気がした。舅も姑もええ時に死んでくれた、そんな風にも思ったぐらいや。

俺は戦争でラバウルへ行った以外、この町を遠く離れたことはない。組合の旅行はいつも舅か姑が行った。「竹二さんあんた行くか」なんぞと聞かれたこともない。それに俺は母ちゃんの他に女も知らん。仕事かて結婚前、木工場で働いた以外どっこも知らん。安気の他に取り柄のないつまらん人生やった。そやけど『梨花』でコーヒーを飲みながら急に俺はなんや人生いうのも満更やないような気がしてきた。

「残りもんには福がある、言うことかも知れん」

それから俺は毎日『梨花』へ通うようになった。いつ行っても文ちゃんと仙坊はニコニコして俺をカウンターの前の席へ坐らせてくれた。

「梨花には義理があるでな」言うたびに母ちゃんは、「アホらし、あっちは商売や」言うけど、その後の詳しいことを知らんもんやでそんなふうに言うんや。

俺は毎日行くたびにメニューの端から色々のコーヒーを飲んだ。文ちゃんは俺が『梨花』のコーヒーをえろう気に入ったと聞くと、「雨宮さん、うちのサービスコーヒーを順々に飲んで行ったらどうかしら、もっと美味しいと思うのがあるかも知れない」て言うて毎日違うコーヒーをいれてくれた。それも「サービスデー」やない日かていつも五十円引きや。なかなか出来ることやない。

そやけどキリマンジャロもブルーマウンテンも俺にはちっとも判らなんだ。

「判るんは値の違いだけや」言うて笑かしたがそれはほんまのこっちゃ。

「あの頃は楽しかったわねえ」

俺の他に客がいない時、文ちゃんが時おりそう言う。勿論〝あの頃〟は俺が店に来始めた頃、という訳やあらへん。〝仙坊が生きとる頃〟という意味や。

仙坊の死はほんとに急やった。交通事故やからあたり前かも知れんが。

「えらい血やで」言うて飛び込んできた客に教えられて、俺は駅通りまですっとんで行った。仙坊は救急車で運ばれた後で、やじ馬ばっかようけ出とった。俺はみんなの肩の間から人型にひかれた白い線をチラッと見た。「ああ、仙坊はきっとあかんな」とすぐ思った。

葬式は主屋から『梨花』の店までずーっと花環が並んだ。お恵婆さんがその間を泣きながら歩いた。線香をたてに行ったはずやのにそん時の文ちゃんの様子を俺は覚えとらん。

初七日が済んだ頃、「店は閉うかも知れへんな」と思いながら様子を見に行くと『梨花』はあいとった。

中をちょっと覗こうとしたらドアがけたたましく鳴って俺はビックリした。

「いらっしゃいませ」

文ちゃんはいつものようにカウンターの前の席に水を持ってきてくれると、悔みの言葉を避けるように、「あのドアベルね、カウベルって言うの。この間友達に貰ったんです」と話しかけてきた。

「あれがあるとね、お客さんが入ってきてくれた時、すぐわかるの」

あの牛がつけとるようなベルが鳴ると、ひと息ついて、客を迎える笑顔を面のように張りつけるんやないやろか。嫁にきてまだ三、四年の頃や、どんだけ仙坊が恋しいやろ、俺はそん時ばかりはせつなかった。

「好きな人の生まれた所で好きな人とちっちゃな店を持つことが夢だったの。好きな人はいなくなっちゃったけど、まだ夢の続きのつもりなのよ。雨宮さん、今後も宜しく」

三十にもならんかった若後家の文ちゃんの精一杯の口上やった。

一人息子が死んだのは先祖の祟りや言うて、その後すぐ神仏狂いになってしもたお恵婆さんの面倒を見ながら店を盛りたてたてくつもりやったんやろ。

けたたましい音や。まるで文ちゃんに「用心せい」て言うとるみたいや。始終聞いとっても、あのベルの音にはよう慣れん。今、蒲団屋の透が入ってきよった。

「今年は空梅雨で困りますねえ」

文ちゃんの挨拶はみんな平等や。蒲団屋が雨が降らんで困るなんて話は聞いたことがない。

俺は透に、「ああ」と挨拶のような声を出したら、途端に尻がムズムズしてきよった。若後家になった文ちゃんと俺がどうも怪しい、なんぞというアホくさい噂を『カトレア』や『葵珈琲店』で撒きちらしたのはあの透や。自分は二人の子供を残して女房に逃げられたもんやで、他人の家も掻き回さなあ気がすまん。因業な奴や。

「はあ、ごちそうさん」

俺はレジの前に二百五十円置くとスタスタ店を出てしもた。昔から釣銭を貰うのは大嫌いやったで、毎日俺は財布の中に百円玉を六個、五十円玉を三個入れとくことにしとる。

家はその点ではえらい便利や。自転車置場は月決め千五百円の他に一日こっきりの客からも日銭が入る。毎朝、店の銭箱からそれだけ出して家を出る。

「きょう日、年金暮らしの年寄りで一日三回喫茶店に行く人がどこの世界におる」と母ちゃんはそのつど愚痴るが、俺は「ははあ、この世界におるわ」と言って取りあわん。

「パチンコや競馬や酒呑みのこと思ってみい、安いもんや。安上がりの婿殿や、一日三杯のコーヒーぐらい」

怒鳴ったると母ちゃんもそれ以上は何も言わへん。舅や姑が生きとった頃に比べると大人しゅうなったもんや。ええ気味やで。あれは一人娘で両親が死んでからは真の身寄りがおらん。可愛い息子は東京やし、嫁の直子には愚痴もいえん。

その替わりムシャクシャすると岡田薬局へ行って化粧品を買《こ》うとることぐらい俺かてよう知っとる。それも、もう齢やで白粉や目につける赤や青いもんはよう買えん。『いつまでもお肌を若々しく』なんて書いてある瓶に入っとるのや、クリームばかり買うてくる。

ピンクや青のや透明のや。鏡台の引き出しには入れんと醤油や味噌を入れとく棚の中に隠しとる。アホな奴や。たまに直子に「ちょっと貰いもんやけど……」とやろうとすると、「お母さん、私は化粧品は決めてるのがありますから」と断られたりしとる。溜る一方や。

そうや、俺かて以前は『梨花』に行くだけやった。一日三回、あっちこっちの喫茶店へ行くようになったんは蒲団屋の透の噂と、「梨花ばっかりよう行く」と言い出した母ちゃんのせいや。

郵便局のはすむかいに丁度『梨花』ぐらいの大きさで、『長谷川』という店がある。

「別に俺はコーヒーが好きなだけやで他の店にも行ったるわ」

そう言うた手前、どっかに入らにゃあならんかった。一遍『梨花』で一緒になった不動産屋の茂ちゃんが、「長谷川のコーヒーは美味い」て言うとったのを思い出したのは好都合やった。『長谷川』へ入った時は『梨花』へ最初入った時ほどやのうてもやっぱり少しドキドキした。

色硝子のドアを押して入ったら拍子抜けや。誰も「いらっしゃい」と言わへん。レジの前に水槽があって、紙みたいな魚がひらひらしとる。俺はすばしっこく目を光らせて窓際の席につかつか歩いて行った。

文ちゃんに教わったんや。「初めての店に行く時は誰かと待ち合わせをしているみたいな気持で入るといいですよ」

俺はその日に限って腕時計をしとって良かったと思った。シャツをまくってはチラチラ時計を見るふりして店の中を盗み見た。

『梨花』とそう変らへん。カウンターの前の席が五つ、他は窓際に四人掛けの椅子が四、五組。まるで食堂のように、壁にベタベタ、「氷金時始めました」とか「ホットケーキセット四百五十円」とか書いた紙が貼ってある。

「いらっしゃい」とおしぼりを持ってきてくれたんは中年のおばさんやったで俺はホッとした。

「コーヒー一つ」

もうすっかり慣れたもんや。俺はおしぼりを使うた後、また腕時計を見るふりをした。

「待ち合わせですか」

コーヒーを持ってきてくれたおばさんに聞かれて驚いた。喫茶店いう所はやっぱり客のことをよう見とって、何か話かけるのがサービスなんやろか。

確かにここのコーヒーは美味い。こっくりしとる。

「うまい！」と俺は褒めたった。店に来た客に話しかけるのが喫茶店の礼儀なら、そこのコーヒーが美味かったら褒めるのが客の礼儀や。

誰もいないと思ったカウンターの中からひょいと男の顔が出て、「うちはお客さんが来てから一杯一杯たてますからねえ」と自慢そうに言うた。

俺は遠目にその髭面を見て、どっかで見た顔やという気がしてならんかった。

『長谷川』のコーヒーは合格や。『梨花』のよりちょっと濃いから俺は、『長谷川』へ行くのはいつも午後になってからにした。昼間は自転車置場は客も来んし、眠たなってあかん。テレビを見ながらコックリコックリしとると母ちゃんが、「そんなに寝てばかりおるとはよぼける」と言う。そんな時に『長谷川』へ行ってコーヒーを飲むことにした。目が一遍に醒める。

それに『長谷川』は昼時に行くと混んどって席があらへん。なんであぁ昼時だけ混むのかと思とったら「ランチタイム」のせいやと後でわかった。『生姜焼セット』『焼そば定食』まるで食堂みたいや。

行くたんび、髭のマスターの顔に見覚えがあるような気がしてならんかった。水やおしぼり持ってくるおばさんはあのマスターの母親らしい。客に対しては愛想もないが、時たま「ねえ、ゆうちゃん」などと派手な声で呼んだりしとる。

『長谷川』へ通うようになって半年位した頃やろか、息子の守と嫁の直子が帰ってきたんで二人をつれて行ったんや。

「ホント、美味しいわ。ここの町の人ってコーヒーいれる秘伝でも持ってるんじゃないの」

まんざら世辞でもなさそうに直子は言って、カウンターの方をチラチラ見た。確かに文ちゃんはいつも客の見とる前でコーヒーをたてとるが、『長谷川』ではたてとるところを見たことがない。

「マスター、うちとこの息子と嫁や」

レシート持って勘定に立った時、そう言うと息子の守が、「父ちゃん、悠ちゃんやないか、俺と同級生の。よう一緒に絵描いた、あの悠ちゃんや」と急に大声をあげた。

「なんだ、守んとこのおやじさんか。どうりで見たことがあると思ったよ」

守とは反対にスラスラした東京弁になったマスターが改めて直子をチラッと見た。

俺はいつも母ちゃんに言うんや。ああいう時直子は役者やなあって。親のいる前かて亭主のことを、「ねえ、まあちゃん」なんぞと呼ぶくせに急に顔まで東京者になって、「家内です、初めまして、どうぞ宜しく」て挨拶するあの水際だった変りっぷり。ほんとに堂に入ったもんや。

奥から母親も呼ばれて、改めて二杯目のコーヒーをごっそうになった。

それから『長谷川』へ行くたんび、マスターが「守さんはどうしてます」と聞きよる。母ちゃんの方はうって変わって愛想がようなった。

今日も案の定、昼までまだ間のある『長谷川』はがら空きやった。

窓際の席に腰をおろすとすぐマスターが水を持ってきた。

「あれ、母ちゃんは今日はおらんのか、珍しいな」と言うと「ああ、祭の準備で寄り合いに出かけとるもんやで」と言う。

「祭、早いなあ、もう祭の頃か」

「守さん達は祭には帰ってみえるんですか」

「いいや、帰らん。守も嫁もあの祭は荒々しゅうて好きになれんて言うとった」

「そうやねえ、僕も祭は嫌いや。もうじき笛や太鼓の稽古が始まるけど、一日中あれを聞いとるとイライラしてくる」

マスターは気難かし気に眉根に皺寄せた。

「嫁は花火だけは見たいて言うとるが」

「花火かあ、花火はええねえ。大きい川があるでやろか」

俺はコーヒーを飲みながらふと、母ちゃんが言うとった話を思い出した。

「悠ちゃんは絵が得意でよくスケッチブック持っては、守ちゃん絵描きに行こうって誘いに来たんよ。小学五年位まで一番仲良しやった。夏祭ん時二人でえらい一生懸命絵描いて、県民大会で二つ並んで表彰された」

そうそう、まだあったかも知れん、て母ちゃんはあの時、多分直子に自慢したいんやろ、押し入れの奥から筒に入った表彰状と絵を出して見せたんや。

「ああ、覚えとるよ。悠ちゃんは画用紙一面真黒に塗って、大きなしだれ花火を描いたんやった」

「でもきっとこっちの方が上手だったんじゃないの」直子が絵を広げて感心したように言うた。

「空の花火じゃなくて、水に映る花火なのね」

確かに小学五年にしては出来過ぎのようなキレイな絵やった。青と黒のうねうね光る水の中に色とりどりの花火が映って、まるで竜宮城や。

「そうや、だから悠ちゃんは並んで飾られても銀賞、守は金賞やった。メダルまで貰《もろ》たんや」

いそいそ今度はメダルまで捜しにかかる母ちゃんの側で珍しく守が苦々しそうに言いよった。

「悠ちゃんの絵の方がずっとええよ。花火は空に上がるもんや。水に映る花火を描くなんて、俺は嫌な子供やった」

並んで飾られて、金賞と銀賞。余程口惜しかったんやろ、花火の絵を描いてからパッタリ悠ちゃんは遊びに来んようになった、と母ちゃんは言うとった。

「絵の勉強しに東京に行っとるて聞いとったが、はあ、帰って喫茶店しとるなんて知らなんだわ。嫁さんも貰わんと東京で何しとったんやろな」

そうや、母ちゃんの言うのももっともや。俺もいつやったか茂ちゃんに「悠ちゃんは東京に女と子供を残してきとるんや」て聞いたことがある。

「笛や太鼓を一日中鳴らす奴も鳴らす奴やが、そんなもんに浮かれて騒ぐ奴の気も知れん。腹が立つから祭の時は店閉めて、東京に遊びに行くことにしとるんですよ」

在の者が繰り出してくるだけやのうて祭に合わせて帰省する者もようけおる位や、店開けとったらどんなにか繁盛するやろに、余程マスターは祭が嫌いらしい。

「東京におった頃、しょっ中笛や太鼓の音が聞こえきて難儀しましたんや。追ってくるんか、迎えにくるんか。今でも東京駅に着くと途端や。守さんはそんな風なこと言われへんですか」

「いや、守は……」

言いかけた時、マスターの母ちゃんがハンカチで首やら脇の下やらをふきながら帰ってきた。

「ああ、あつあつ。悠ちゃん、お水一杯頂戴」

俺を見るとちょっと会釈だけして、コップの水をぐいぐい飲んだ。

「あー、やっと人心地ついたわ。祭も大掛りになる一方や。寄付、ようけ取られるで」

マスターは口紅のついたコップを流しに放るようにして横を向いたまま言うた。

「いやな町や」

そんないやな町になんで帰ってきたんやろ。俺はそう思いながら残りのコーヒーをぐいっと飲むと立ち上がった。もうすぐ昼や、ランチタイムで混んでくるのはたまらん。

ズボンのポケットから二百五十円つまむとさっさと『長谷川』を出た。

祭の話の後、なんや守のことで思い出したことがあったんやが。そやそや、守がこの頃よう昼日中、ビル街を歩いとって、ふっと目を上げると花火が見えるような気がする、て電話で話しとったことや。

音がするんか、って聞いたら、「いや、音はせん。音はしないんですよ、お父さん。とっても静かな花火なんです」と急に会社員の口ぶりで繰り返し言うとった。

昼日中、大きなビルの谷間に、幾つもの、幾つもの仕掛け花火。通りを曲がるたんびにそれが音もなく上がって。守はそれを見て、マスターのように「追いかけてくる、迎えにきとる」と思うんやろか。

（二）

昼飯を食ってから欠伸ばかり出よる。胃のあたりがどーんと重たなって、身体を動かすたんびにムカムカする。

テレビのワイドショーを見ながら母ちゃんが時おり俺の方を「ほれ、みなはれ」と言うようにチラチラ見る。昼飯の冷麦を食い過ぎた、とでも言いたいんやろ。アホ、あんなのび過ぎた冷麦、食い過ぎる者がおるか。ざるに盛ったら、たいがい麺はくっついとって、「これは冷麦か、滝川豆腐か、どっちや」と俺が箸で切って食ってやったら、母ちゃんもさすがに「ちょっと茹ですぎたな」としぶしぶ認めた。

ちょっとどころか、大いに茹で過ぎや。

茹できっとる。俺は母ちゃんと一緒になって三十年、丁度ええ塩梅の冷麦を食ったことがあらへん。いつも伸びすぎか、茹であがっとらんか、どっちかや。

「あーあ」俺は胃の具合をごまかす為にまた欠伸をした。

「眠たなってあかん」

俺のズボンのポケットの中には今日最後の二百五十円が入っとる。まだ三時にもならんのやで早いような気もするが、このまま欠伸をしいしい母ちゃんと一緒におってもしようがない。

「また喫茶店か。胃潰瘍になるで、あんまりコーヒー飲まん方がええよ」

大きなお世話や。母ちゃんが俺の身体より金の方惜しんどることぐらい、よう知っとる。「年金貰ても一銭も貯金せん。店の金ばっか使いよって。まったく婿言うのは身上を作ることを全然考えん……」電話で親戚の者に愚痴言うとるのを知らんとでも思とるのか。

あたりまえや。お蚕ぐるみで入り婿したんや。身上増やしたりしたら罰があたる。いち引くいちや。なあんも残さんとへえ、さいならや。

腹がたっとるでつい足が速よなる。

せかせか歩いたでやろか、少し胃も軽うなった。

駅通りを抜けて映画館の前まで歩いてきて、「はあ、また道を間違えたやろか」と立ち往生してしもた。寺町《てらまち》から萱町《かやまち》へ行くいつもの通りや、間違えるはずがない。

ああ、そうや。この辺に昔からある煎餅屋と豆腐屋と下駄屋を見かけんようになった、と思とったら、またビルになったんや。半年も工事用のビニール被せて隠してあった。「つまらん」思て見んようになって、忘れとったら、こんなピカピカのビルになったやなんて。時勢やなあ、どこもかしこも硝子張りの五階建てビルディング。「おーい、豆腐屋の真作おるかあ」て怒鳴ったら、このビルの窓から幾つ位の顔が出てきよるやろか。いいや、一つも出て来やへんやろ。名を呼ぶと人が中から答えるような、ビルいうのはそういう仕組やない。

俺も耄碌したんかもしれん。ビルがあっちこっちに出来るたびに道を間違えそうになる。

寺町は花屋や仏壇屋が昔から軒を並べとった所や。この先に浄心寺があって、寺参りする人がいつも何人かおった。お勤めに出なはる住職《ごえん》さんに行き会《お》うたりもしたもんや。なんや昔は今よりずっと葬式がようけあったような気がする。

葬式がないいうのも寂しいもんや。人も死なん代りに赤ん坊も見かけん。

「この町って、時間まで海へ流れて行ってしまったみたい」といつか直子が言うとった。

結婚して二回目の夏や。「大きな川があるんでしょ、守さん連れて行ってよ」とせがんで長いこと散歩して帰ってきた。

「ああ、目が見えない。家の中がとっても暗いわ」とヘナヘナと入口に座り込んでしもた。一度目に流産したんが、すぐその後やったからあの時はもう腹に子がおったのかもしれへん。目の縁に薄青い隈を作って、いつもよりずーと大きい目をしとったような気がする。

「川べりに月見草がたくさん咲いていましたわ」そう言いよった……。いや、そうやない。あれはその次の夏やったはずや。

幾年か経っても、あの夏のことは忘れられへん。『葵《あおい》珈琲店』へ通い始めた頃で、二人を連れて行って、コーヒー飲んで出てきた時や。店の前に汚い乳母車が置いてあった。ベビーカーやない。前と後に車輪《はま》が二箇づつついた、幌を被せてある昔の本物の乳母車や。

先に店から出た直子がその乳母車を見つけると、つかつかっと歩いて行って、あっという間に力一杯、車道に押し出した。

その動作の素速く、激しいこと。俺も守もあっけにとられて止める隙もなかった。後ろで見知らぬ婆さんの怒鳴り声が聞こえて、やっと我に返ったぐらいやった。

二人して米つきバッタのように謝って、乳母車を歩道に運んだ。そのちょっと前だったやろか、二度目に流産して、もう子供は諦めた、と守がボソボソ母ちゃんに言うとるのを聞いたんは。

「この町ではね、お婆さんが杖代りに乳母車を押しておつかいに出るんだよ。買物をした後はショッピングカーに早変り。ねっ、なかなか頭いいだろう」

守が直子を抱きかかえるようにして話しとった。

「そお、赤ちゃんじゃなくて、お婆さんの乳母車なの」

大きな麦藁帽をかぶった直子はそれを聞いて、ヒステリックにいつまでも笑っとった。守と直子はあの夏帰ってきても一日中川にばっかり行っておった。

多分東京で流行っとったんやろ、セーラー服みたいな大きな襟のついた服を着て、直子は川から帰ってくるたんび、なんや少女のように見えた。

「お母さん、葦の生えている下流にね、子供の靴が落ちていましたわ」て言うたりもした。

あの夏は守の方がげっそり痩せてしもて、母ちゃんと二人で、『荒井家』の鰻を食わせなあかんなあ、て話しおうたりしたんや。

歩きながら考えごとばっかりしてたもんやで『葵珈琲店』を行き過ぎるとこやった。

「あら、いらっしゃい」

『葵珈琲店』の由加ちゃんはいつも元気がええ。「はあ、おはようさん」と俺がつい挨拶すると奥の方から、「もう昼や、いややねえ、ぼけたんと違うの」と笑う声がした。

末の妹のアキやった。

「何やっとんのや、こんな所で」と言うと、「うん、高校の同窓会の打ち合わせ」と言う。

アキは七人兄妹中で一番頭が良かったから親も無理して上の学校を出した。まあ嫁入り先も隣町の大きな洋服屋やで、玉の輿の部類や。

五、六人のおばさん達とけたたましく笑ったり、喋ったりしとったが、「ちょっと失礼」言うて俺の隣の椅子に横座りに座った。

「なあ、増夫兄ちゃん、来いへんかった」

ハンドバッグで顔を隠すようにして急に声を低うした。

「いややねえ。兄ちゃん、家《うち》とこへお金借りに来たんやわ。工場ね、危いらしい。家《うち》の人が借金も、借金の保証人も断ったらね、そんな薄情者とは思わなんだって、すごい剣幕やった。竹二兄ちゃん所へもそのうち行くんやないやろか」

「いや、来《こ》んやろ。あいつは俺を頼りにしたことなんか一遍もあらへん。まあ来たかて俺は婿やで判子一つつけやんで」

「そうやね」

アキはあっさり頷くと、じゃあまたね、と元の席に戻って行きよった。

末の弟の増夫がやっとる工場がどうやら左前らしい、いうのはなんにもこれが初耳やない。喫茶店いうのは便利な所や。俺は誰とでも慣れ慣れしく喋ったりはしやへんけど、それでも「あの人がこう言うた」「あれもそう話しとった」と自然に色んな話が耳に入る。

注文が大分前からないらしい。機械も、使《つこ》とる人も半分ぐらいになったらしい。あっちこっちで借金して、首が回らないという噂も聞いた。

あの威張りん坊の増夫が腰低してアキの亭主の所まで行ったとなるともう終りやなあ。増夫は兄弟中で一番羽振りがようて、おやじの法事の時なんか、金ピカの腕時計して、「お兄さんとこも自転車置場みたいな時流に遅れたことといつまでもせんと、デーンとビルでも建てたらどうや。自転車には縁ないけど駐車場やったら契約するよって」なんぞとぬかしよった。

あいつはアキと年子や。俺なんか下にようけ弟や妹がおったで親にも手かけてもらえんかったけど、末っ子いうのは得や。ええもんは着せて貰える、上の学校には行かせて貰える。何もかもトントン拍子や。そんでやろか、二人共、昔から生意気で他の兄妹なんかバカにしとる。そんでもお天道様はそう甘ないんや。増夫も工場が危《あぶ》なってちょっとは身に浸みたやろ。

「ほんなら兄ちゃん、あたし行くわ。寄らへんけどお義姉さんによろし言うといて」

「ああ、お前も気いつけよ。世の中そんなにええことばっかりやないで。一寸先は闇やでなあ」

俺の挨拶なんか半分も聞いとらへん。「いややわ、相変わらず陰気臭いことばっか言うて」と走って行ってしもた。

六月も終りになると陽がきつなって窓際は暑てかなわん。俺は水とコーヒーを持って、カウンターの席に移った。『葵珈琲店』は七月にならんとクーラーつけへん。古い扇風機がたるそうに首を回しとる。

「由加ちゃんはもう夏休みか。学生は安気でええなあ」

丸いメガネをかけて、髪の毛を馬の尾っぽのようにゆわえとる由加ちゃんは「よう言うわ、おじさんこそいつも暇やない」と不服そうな声をあげた。

「暇やなかったら、ここにそうは来られへん」

「あっ、そやった。おじさんのは余生やもんね」

由加ちゃんはあんまり頭が良うのうて、昼間の高校はみんな滑ってしもて入れなんだ。仕方なしに昼間は叔母さんの店を手伝って、夜学に通っとる。

「ねえ、おじさんゲートボールしやへんの」

「ああ。俺はええ齢して玉転がしなんかようやらん」

「ふーん。年寄りはみんなゲートボールするもんかと思とった。おばあちゃんは朝と昼から二回は出かけてくよ」

「それはよう知っとる」

『葵珈琲店』のおせい婆さんがゲートボールの選手やていうことは年金貰とる者で知らん奴はおらん。

年金の証書が届くと現金貰いにみんな郵便局へ行く。どういうもんか、俺もそうやけど年寄りは銀行が好かん。入口へ入るなり、知り合いでもないのにニコニコ近づいてきて、「おじいさん、次からは自動振込にしましょう」とか、「何とか定期にしましょう」とか言いよる。早い話、どうにか現金をやらんようにしとるとしか思えん。

そやで年寄りはみんな銀行へ行かんと郵便局へ行く。すると『葵珈琲店』のおせい婆さんが子分みたいな爺さん連れて、郵便局の椅子に一日中座っとって、「年よりはゲートボールせいちゅう国の命令や。年金もろとるんなら、ゲートボールしやなあ国賊と同じや。みんな明日は根津公園においでなはれ」と演説する。

俺も仕方なしに一遍根津公園に行ってみたけど、ああ懲り懲りや。あっちに並べ、こっちに来い。将棋の駒やあるまいし、この年して、あんな婆さんの言うこと聞いとれるか。

それにゲートボールする時の音がどうも好かん。コーン、コーン言うあの音はなんや寂しい音や。野球やテニスのような楽しい音がせん。年寄りが自分の身体の中の音を聞いとるみたいや。

すぐにゲートボール止めてしもた俺を、最初はさんざん悪し様に言うとったおせい婆さんは、自分の店で俺がお茶を飲んどる所を見てから目溢しするようになりよった。

「竹二さんは足が不自由なもんやでしょうがあらへん」て言うとるらしい。結構なこっちゃ。

あんな年寄りの玉突きごっこより跛の方がずーっとましや。

「あたしね、高校出たらこんな町にはようおらん」

「へえ、東京へでも行くんか」

「そう。六本木か原宿でね、ハウスマヌカンになるの」

「なんや、そのハウスなんとかて。家でも売るんか」

「やあねえ、ブティックのファッションアドバイザーよ」

由加ちゃんはやっぱり少し頭がストローや。言うとることがさっぱり判らん。由加ちゃんも俺のことを年寄りのストロー頭と思とるらしい。

「まあ、おじさんに言うてもしようないけど……」

そう言いながら扇風機の側のテレビのスイッチをひねった。

「わあー、キョンキョンはいつみてもカッコええなあ」

頭にリボンつけて、ブルマーの大型みたいなスカートをはいた女の子がテレビの中でピョンピョン跳ねとる。

俺はあきれてしもた。あの婆さんにしてこの孫ありや。丸いもんが余程好きやと見える。

「ごっそうさん、ここに置くで」

最後の二百五十円をカウンターの前に置こうとしたら、テレビを見たまま顔も上げんと、「あっ、お勘定は今さっきの女の人に載いてありまあーす」て言う。

アキが気利かせて払《はろ》といてくれたらしい。あいつもちょっとはええとこがある。

『葵珈琲店』を一歩出て、俺は外がまだこんなに暑いのか、と驚いた。もうじき五時やいうのにカンカン照りや。すっかり日が長なって、夕凪《なご》なんやろか、風がピターと止まって蒸し暑いこと。俺は儲けた二百五十円をポケットの中でジャラジャラさせながら、川べりの方へ歩き出した。

暑なってくると、子供がキャンディ屋の旗をすぐ見つけるみたいに、つい川の水が見たなってくる。

萱町を抜けて、縄手町《なわてまち》の信号を右に曲がる。

いつ歩いても職人町はええとこや。ピカピカのビルも、大きな広告塔もあらへん。瓦の色がどっしり落ちついて、深い軒の下は黒々と打ち水がしてある。昔からの佃煮屋は白地に紺の屋号を染め抜いた暖簾をかけとるし、その隣はまだ格子窓や。忍草を吊しとる家の中庭を覗くようにすると、どこからか風鈴の音が聞こえてくる。

ほんまに、職人町の夕方の静けさいうのは比べるものがあらへん。

『朝顔最中あります』薄墨で書いた和菓子屋の看板を過ぎ、もうじき宮町、ていう所までくるとちょっと屋並が途切れる。

その時や、水が手招きするんは。

手招きとしか言いようがない。白い揺れる手が目の隅をさあっとよぎる。

立ち止まって見たら、ありきたりの河口の水や。勢いよう流れとるわけでも、光るわけでもあらへん。淀んで疲れた川なんやけど町の中でそれを見る時は「会いに来とるんやなあ」てどうしても呟いてしまう。もうずーっと前から川の水をここで見る時はいつも女にするみたいに話しかけてきた。

「また会いに来とるんか」

空梅雨の河口の水は普段より静かで、ほとんど揺れもせん。年とった女の袂みたいや。

昔はこんな川っぺりでも細い船が舫っとった。だんだん家はせり出してくる、セメントの堤防はできる、橋はできるで川はどんどん痩せてきよった。

「切れ長の目をしたキレイな女やったけどなあ」

柳の葉がようけ落ちとる水の上に、ついそう言うてしまうのもすっかり癖になってしもた。

宮町のとっつきに出来たばっかりの『ハーフ・ムーン』いう名前の喫茶店がある。

二週間ぐらい前初めて入った時、いわくありげな中年のおばさんが和服なんか来て座っとった。襟をわざとらしくきゅっきゅっと詰めて、そのくせおしぼりを広げてくれた手付きがあれは長いこと水商売しとった手付きやった。

『ハーフ・ムーン』は安普請のドアを薄青いペンキで塗ってある。近くまでくると中でかけとるレコードの大きい音が漏れてくるんやけど、今日は何やらひっそりしとる。

「いらっしゃいませ」

後ろから急に声をかけられて、えらいびっくりした。ふり返るとこの間の和服の女主人が今日はまた正装して、黒いレースのワンピースに首飾りをつけて立っとった。

「ちょっと知り合いに不幸がありましてね。すぐ店あけますから、どうぞ」

さっさと先に入ってすぐクーラーのスイッチを入れ、太った体を跳ねるようにして動き回り、次々と窓のブラインドを下げてまわった。

「この店、西陽がきつうてね」

そう言いながらカウンターの中にある塩を、思い出したようにパッパッと黒いレースの服にかけた。「お客さんにも、変なお相判で悪いけど」と俺の方にも一振りする真似をした。

「今日の御不幸ね、まんざらお客さんも知らない人やないんですよ」

俺は薄暗い店のどこに座ってええもんか迷とったが、それを聞いてびっくりした。俺はこんな女に自分の素性を名のったことはない。

「暑いですねえ、アイスコーヒーでいいですか」

畳かけるように言われてついこっくりしたまま、カウンターの前の席に、その後を聞くような形で座り込んでしもた。

「お葬式ね、エミのだったんですよ。あっ、エミって言うてもわからへんわね、中央病院の伊藤さん。こないだ、ここでお茶飲んどって、お客さん、エミのこと聞いてたでしょ」

クーラーのスイッチ入れたのに、店の灯つけるのを忘れとる。俺はそれを注意しやなんで良かったと思た。明るかったら俺がどんだけ驚いたか、見られてしもたやろ。

初めてこの店に来た時や。なんやアベックばっかひそひそ話しとる変な店やて思たし、コーヒーも美味ない。すぐ出ようとした時、伊藤さんが中年の男と入ってきよった。

伊藤さんはおととし俺が胃潰瘍で中央病院へ入院した時、えらい世話になった看護婦さんや。

「気がつかれましたか」集中治療室で麻酔が切れた時、穏やかな顔が俺を覗き込んだ。白い帽子に主任さんの印の黒い線が一本。瓜実顔で細い眉、女雛のような顔やと思た。

俺は自分で言うのはいややけど気が小さい。昔から注射いうのが大の苦手や。それに年寄りで血管が細なってるせいで注射針がなかなかささらへん。点滴のたんびに若い看護婦が腕さすったり、叩いたりするんやが血管がつかまらへん。注射打つ時はいつも冷や汗は出るし、肩はこるし。それが元でもう一回胃潰瘍になりそうやった。

「ああ、ダメ。これはもう伊藤さん級やわ」

そう言うて若い看護婦が伊藤さんを呼びに行く。

「緊張しないで。大丈夫、すぐ入りますから」

ほんとに魔法のようやった。伊藤さんの柔い指ははしっこい魚みたいに逃げる血管をあっという間に摑まえる。ピタッと的中して、毛ほども痛うない。

「さっすがー。名人！」

病室で大騒ぎする若い看護婦をたしなめる伊藤さんの静かな顔を、俺は何度有難い気持で見つめたことやろ。

元気が出て、八人部屋に戻るとみんなが同じことを言うた。

「伊藤さんが夜勤やとよう眠れる」

「ほんとにあの人は看護婦の鑑や。つくづく天職や思うわ」

誰彼にも平等でいつも静かで、そのくせ痒い所に手が届くみたいに病人の気持がわかる。

あんなにようしてもろたんや、二年経ったぐらいで顔を見忘れるはずはあらへん。俺が『ハーフ・ムーン』で伊藤さんに挨拶しそびれたんは、面変りするほど痩せてたせいや。

連れの男は知らん奴やった。俺はつい気になって、悪いと思たけど様子を伺うようにしてジッとしとった。

なんや深刻な雲行きで、話も弾んどらなんだ。水やおしぼりを運ぶたんび『ハーフ・ムーン』の女主人が色々元気づけとるのも気がかりや。「大丈夫、もういいのよ」と伊藤さんは何遍も言うて、そのつど笑おうとするんやけど、顔を上げることがよう出来ん、そんな風やった。世間を憚る足の速さで、男が伊藤さんを隠すようにして出て行ってしまうまで、俺は残りのコーヒーをチビチビ飲んで座っとった。

外まで送って出た女主人が帰ってきて、傍目にもよう判る太い溜息をつき終ったのを待って俺は何気なく聞いた。

「あれは中央病院の伊藤さんやないやろか。なんや、えらい痩せたようやけど、まさか病気やないやろな」

あの時は女主人もビックリした顔をして、言葉を濁してしもたが、俺が伊藤さんと見知りやいうことを覚えとったらしい。

「ああ、アホらしい。こんなことがあると一杯飲みでもしやな商売する気になんかならへんわ」

女主人は酒瓶の首を慣れた手付ではすかいに持って、俺にもどうや、て言うみたいにちょっと振ってみせた。

「噂が怖くて逃げた男も男だけど、エミもあんまり弱虫やわ。赤ん坊が出来たぐらいで死なんでもええやないの。腕のええ看護婦なんやし、どうやったって生きてぐらいいけるのに」

女主人から聞く前に、俺は伊藤さんが自殺したんやて朧気に知っとったような気がする。瓜実顔で細い眉の伊藤さんが流れ雛みたいに水に軽く浮いて、ゆっくり河口の方へ流れてくのも、見たような気がした。

「私もね、エミにはずい分お世話になったの」

酒で口を湿らして、女主人はしんみりした声になった。

ここの手術ん時にね、と黒いレースの胸の所を持ち上げる仕草をしてみせる。

「丁度いろいろあった時で、死ぬの生きるのって大騒ぎして。あの娘の母親と知り合いやったこともあるけど、そりゃあ身内でも真似が出来んほど良うしてもろてね」

「伊藤さんはほんまにええ看護婦やったで」

「そうでしょう。この町の病人で幾人エミに良うして貰たかわからへん……。それやなのに、こんなことで死んでしもて、情ないやら、口惜しいやら」

飲み終った酒のコップを男みたいに乱暴に置いた。俺もつられて、ほとんど水みたいになったアイスコーヒーの中から、小さい氷を掬って口の中でガリッと噛んだ。ほんのちょっとコーヒーの苦い味がした。

「夕方からはこの店、スナックになるんですよ。良かったら飲みにきて下さい」

女主人は喋るだけ喋って、もう俺に出て行ってもらいたいらしかった。

「石女ばっかりいる町で、赤ん坊が出来た女は死なんならん。つくづくいやな町ですねえ」『長谷川』のマスターと同じことを『ハーフ・ムーン』の女主人も言うた。俺も灯がついたこの店におるのはたまらん、と思うとったところや。二百五十円をポケットからつまみ出すと何も言わず立ち上がった。

外に出ると町はやっと少し涼しなっとった。もうこの店に来ることもあらへんやろ、そう思て振り返ると川下の方向に、俺が今嚙み砕いた氷ぐらいの薄い夕月がかかっとった。痩せた伊藤さんの横顔みたいや。

すうーっと川風が脇を通り越して、歩き始めると神社の方からお囃子の音がだんだん近うなってくる。

(三)

かあっと暑い日が一週間も続いて、「すっかり夏やなあ」思とったら今朝は雨や。半袖着とる腕に鳥肌が立つぐらい寒い、戻り梅雨や。

自転車置場に備え付けてある電話で、母ちゃんがまた守に電話かけとる。

隣のパチンコ屋の『オリンピック』の主人が五日程前家にやってきて、この地所を買いたいと話してから、毎朝母ちゃんは守に電話するようになった。

「そやけど、父ちゃんもあたしも、もう年やでなあ」

守が何か言うたび何遍も同じことを言う。あれでも相談のつもりやから笑わせる。仏様に供える水も飯も忘れて、毎朝同じことの繰り返しや。出勤前の忙しい時に、向こうでは直子がやきもきしとるやろ。

夕《ゆん》べも寝ながら、「ええ考えが浮かんだ」言うとったから、またそれを話しとるんやろ。この頃母ちゃんは毎晩ええ考えが浮かぶ。

そやけど、母ちゃんのええ考えは守と直子にとっては、毎朝手洗いの桶に浮かぶ泡ぶくのようなもんらしい。

はかないこっちゃ。結局、毎朝母ちゃんはええ考えを引っこめてしもて、一日中同じ繰り言を言うはめになる。

「そやけど、父ちゃんもあたしも年やでなあ」

肝を煎らした守はおとついの晩、母ちゃんが風呂に入っとる時電話をよこした。

「一体、そっちの本当の考えはなんやの？」

本当の考えも何も、母ちゃんはその事について、俺には一言の相談もせん。

「オリンピックはこの地所、一坪いくらで買うてくれるんや」って俺が聞いただけで凄い剣幕で睨みよった。

「あんた、今まで何のおかげで安気に出来とる思てんの。この自転車置場がのうなったら、年金だけで一日三回も喫茶店へ通えるはずないやろ」

「坪二十万で買うてくれたら、そりゃ一日二十杯かて飲める」

売らんことに決めとる地所のことで、なくすアホがおるかいな」

「坪二十万で親に貰た身上、毎朝守に何の相談しとるんやろ。さっぱりわけが判らん。それ以来俺は一切口出さんことに決めた。

「俺は婿やで何も言えん」守にもそう答えたった。

「そんな無責任な。おやじ、老後は長いんだよ。何や計画立ててくれんことにはこっちも動きがとれんやないか」

「そやけど、動く気があるんか」

俺は心の中で言うたった。東京とここは遠い。いや遠のうても声にしやなんだ言葉が聞こえるはずもないんやが。

「おふくろとよく相談してくれよ」

俺は守の困り果てた声を聞いてから受話器を置いた。つい笑ってしもたらしい。側に母ちゃんが来て胡散臭げに見とる。それでも俺はまだニヤニヤしとった。

俺と母ちゃんは確かに年をとる。どっちか先にポックリ死ぬかもしれん。そうしたら守と直子はどないするんやろ。

母ちゃんが先に死んだら俺は、「一人では何も出来ん」てギャアギャアわめくことにしよう。俺が先に死んだら、母ちゃんがそうすることは目に見えとる。

二人はえらい困るやろ。守は昼日中ビルの谷間に見えとった花火が鼠花火のように、今度は足元でしゅるしゅるはじけるのを見ることになるやろ。直子は大好きな帽子を深ぁくかぶって、俺の様子を見に来るやろ……。

ええ気味や。年寄りはほっといてもどんどん年とるもんや。どんなに静かに見えとる水かて、必ず海まで流れつくやないか。

『オリンピック』がここをパチンコ屋にしようと、駐車場にしようと知ったことか。俺は婿やで、店にも地面にも何の未練もない。

「あーあ、どないしたらええんやろ」

母ちゃんが今朝もまた、ええ考えを粉々にされたらしい顔付きで戻ってきて、台所の麦茶をゴクゴク飲んどる。それを見とったら急に俺はコーヒーが飲みとなってきた。

雨はまだ降っとる。俺は客が忘れていったビニールの傘を広げると黙って家を出た。

「俺達は店売って東京に行くんや」て文ちゃんに言うたら、どないビックリするやろ。そんなことを考えながら『梨花』まで来た。

「本日休業」

俺はその札を何かの間違いやないか、と思てしばらく見とった。定休日のはずやないし、文ちゃんは病気にでもなったんやろか。

ビニールの透明の傘はさしとる者の顔も様子も丸見えや。俺は急に恥ずかしなって、仕方なしに歩き始めた。だいぶん歩いてから、「そや、主屋に声かけたら様子が判ったはずや」と気がついた。

そやけど、そやけど、と思いながら他にええ考えも浮かばんまま、俺はのろのろ歩き続けた。

「おはようさん、珍しいな。雨宮さんがカトレアに来るやなんて」

立ち止まった俺の背中をちょっと押すように、茂ちゃんが後に立つと『カトレア』の自動ドアはもう開いてしもた。

細長い店の中を透かすように見ると、丸いテーブルがごちゃごちゃ並んどって、そこに何人もの男が座っとる。

俺は湿った傘を畳んだものの、入ろうか、どうしようか、まだ迷っとった。

「雨宮さん、こっちや」

奥の方で四つ折りにした新聞を振る者がおって、それが誰やらはっきり判らんまま俺は近づいた。一緒に入ったはずの茂ちゃんがもうはやばやと煙草をくわえとる。その横におるのは奥さんのみっちゃん。そしてもう一人、新聞を振ったのが蒲団屋の透だと判ると、俺は何やいやーな気がした。

「もしかしたら今朝はここに来るんやないかと思とった。みっちゃんと賭しとったらコーヒー代儲かったな」

透は茂ちゃんの若い女房を色目使うような格好で見た。

「こんな雨やし、店開《あ》けとってもしょうないから朝から内の人とデート」

不動産屋の茂ちゃんが事務員やった十歳も若いみっちゃんと一緒になった時は、みんな不釣り合いや言うて、大いに笑ったもんや。

茂ちゃんはもう四十を過ぎとって、頭の毛が大分薄なっとるのに、奥さんのみっちゃんはふさふさした髪を外人のように赤く染めとる。厚化粧のわりに子供らしい顔したみっちゃんが、ライオンのような髪して、長い爪した指に煙草を挟んどるところはまるで不良少女みたいや。

「なあ、梨花しまっとったやろ」

透は俺の顔を覗き込んで、待ちきれんという風に聞いた。

「しまっとった」

俺の反応を見たくてうずうずしとるのはわかっとっても、そう答えずにはおられんかった。

「あっそう。やっぱり文ちゃん、店しめたの」

みっちゃんが盛大に煙吐きながら言うと、俺の代りに茂ちゃんが驚いたように聞いた。

「文ちゃん、東京に帰ったんか」

透は待ってましたとばかり、テーブルに肘ついて乗り出すと、俺と茂ちゃんの前に親指をぬっと突き出して見せた。

「これだよ。男」

『カトレア』はいつ来ても居心地の悪い嫌な店や。ウェイトレスまで間の悪い時にしか来やへん。

俺はアメリカンコーヒーを三倍位に薄めたモーニングコーヒーいうのをがぶっと飲んだ。文ちゃんが男と東京へ逃げた。そんなことがあるもんか。デマは透の特許やから、きっと俺の驚く顔でも見て笑おういう魂胆やろ。

「文ちゃんはそんな女やないよ。仙坊のおふくろ一人置いて男と逃げるような、そんな女やない」

「あら、あんた。バカに肩持つやない。そんな女やない、そんな女やないて、どんな女なのか聞かせて欲しいわ」

みっちゃんの大声を、透はとんだおまけまで貰ったような顔でニヤニヤ聞いとる。

「文ちゃんのファンクラブ、ようけおるんやなあ」

茂ちゃんも俺も黙ってコーヒー飲んだ。

「男がいるいうのは知らんけど、文ちゃんが東京に帰ったんはホントよ」

「何で文ちゃんが今更東京へ帰らなあかんのや」

俺もつい声が大きなっててくる。

「多分ね、これのせい」

みっちゃんは煙草持っとらん方の手で拝む真似をしてみせた。

「もうずーっと前から婆さんと仲が悪なっとってね。この頃は婆さんを焚きつける者もおって、身上が欲しくて出られへんのやろ、なんて。あれじゃあ文ちゃんかて新しい男でも見つけたくなるわよ」

透と茂ちゃんとみっちゃんの吸う煙草の煙で俺は頭の中まで燻されるようや。その後を透が引きとって、相手の男が『梨花』にコーヒー豆卸しとる男らしいと話したが、俺はもうそんな話聞きとなかった。

「未亡人やもん。いいやない、男の一人や二人」

みっちゃんは黙りこくっとる茂ちゃんに向かって焦れたように言って立ち上がった。

「あんた、自動車のキー貸して。幡馬に一軒あった貸家、ちょっと見てくるよって」

「さあて、俺もひと稼ぎ」透も急いで席を立ってゆく。

「傘持ってないんや、途中まで乗せてってくれ」入口の近くまできてみっちゃんにせがんどるのが筒抜けや。

二人がいなくなると俺は急にホッとした。

「なあ、透の話、ほんまやろか」俺は茂ちゃんの顔をチラチラ見ながら言うた。

「そうやなあ、美津子もああ言うんや、ほんまかもしれん」

「梨花はええ店やったのに」

「ああ。ええ店やった。なんでか知らんがあの店でコーヒー飲んどると落ち着いた」

茂ちゃんはおやじの代から不動産屋をしとる。おやじは昔から有名な法螺吹きで、「あそこの地所買うた、その隣も、その隣も買うた」などと誰にでも大風呂敷広げた。あのマンションも、あの団地も、なんぞと言うもんで、みんなは「そのうち、九州も買うた、北海道も買うた、て言うやろなあ」と笑とった。

それが茂ちゃんが結婚すると急に老け込んだ。大風呂敷を小さく小さく畳むように肩身狭うした様子で、不動産屋の応接間であっけなく死んだ。黒い皮張りのソファに首をガックリ落として、鶴みたいに死んだそうや。

『カトレア』の薄いコーヒーをちょっとづつ飲んどる茂ちゃんを見とったら、そんなことを思い出した。

「カトレアはいつ来ても嫌な店や」俺はいま一度愚痴るように言うた。

「嫌な店や、ここは美津子の親戚がやっとる店やけど、俺もいつ来てもそう思う」

そうか、みっちゃんの親戚がやっとるんか、俺は居心地悪なって、「そんじゃ、また」と出ようとした。

二百五十円、伝票の上に置いたら、茂ちゃんもガバッと立ち上がって、「俺も出る」と言う。

車をみっちゃんに乗って行かれた茂ちゃんは、「店まで一緒に行こう」って、ちゃっかり俺の傘に入ってきてしもた。船場《せんば》通りは俺の家とは反対で、大分遠回りになるんやが仕方がない。

細かい雨が霧のように降って、その湿り気が俺達にまつわるようや。

「イヤな季節やなあ」

「そうやろか、俺は夏より好きや。雨はこの町にピッタリや思うわ」

茂ちゃんは歩き出すと、急にサバサバした顔でそんなことを言う。

途中から背の高い茂ちゃんが俺の替りに傘を持った。南寺町《みなみてらまち》の交差点を抜けて、紺屋町《こんやまち》に入る。

俺の頭二つ上ぐらいにさしかけとった傘をひょいっと傾けて、「ほれ、雨宮さん。これ以前の蛤食堂やで」と茂ちゃんは立ち止まった。

木の肌も新しいドア、両側にふといを生けた素焼の甕が置かれとる。

「へえー、これがあの汚かった蛤食堂か」

甕の横には塩を積みあげた小山が二つ、雨に崩れんもせんと行儀よう並んどる。

「先代が死んで、養子の和夫さんが後継いでな、えらい借金して新ししたんや」

「えらい借金、養子がか」

『蛤食堂』はただ広いだけで汚い店やった。三年ほど前、末の弟の増夫と入ったことがある。

「これは俺と同級の男が養子に入った店や。店は古いが美味いもん食わすんや」言うて誘われた。あん時は何食うたやろ。焼蛤定食か、海老フライやったか、よう覚えとらん。覚えとらんところを見ると、さほど美味なかったのかもしれん。

「そうか、養子が借金か。時勢やなあ」

「この辺の店には珍しく外装にも内装にもようけ金かけて、俺が知り合いの大工紹介したんやがビックリしとった。ここの主は一生養子で満足出来る人やない、肝っ玉の太い人や、言うてな」

茂ちゃんは男のバスガイドよろしく傘を斜めにして、「ほれ、御覧下さい」いうようにあちこち説明する。

「ほれ、ここ。雨樋かて鐘の型うつしてあるんやで」

えろうハイカラな看板の上に『満足との出合い・グルメ食堂』と書いてある。

「へえー、新しなるんはビルばっかかと思とったら、こんな店もあるんやな」

「そりゃそうや。この町かて少しづつ良うなるで」

俺は一つ傘の下で茂ちゃんが益々元気に、嬉しそうになってくるので驚いた。

「あっ、そっちやない。ほんのちょっとだけ宝殿町《ほうでんちょう》の方まわって行こ」

俺の傘を団体引率する旗みたいに持ち上げて、さっさと歩いていってしまう。

「車に乗らんと、こうやって町の中歩くのもええもんやなあ」

俺は茂ちゃんよりずっと背も低いし少し跛や。ついて行くのに、骨が折れる。

「この辺はなあ、昔から空屋が多くていい物件がゴロゴロ出る。売物が出る前からおやじと品定めによう歩いたもんや」

宝殿町は昔から金持ちばかり住んどる所で、なだらかな坂になっとる道の両脇に塀や垣根が続いて、その向こうにたっぷりした緑がゆさゆさしとる。

「ここはいつ歩いても静かで、猫一匹おらん。おやじと歩いた頃も宝殿町に入った途端、声低うした覚えがある」

「このあたりには用もないし親戚もおらんで、俺は来たこともないなあ」

湿った土の匂いと雨の匂いがする。それはちょっと冷《ひや》っこくて、真青な重い葡萄を手の平に乗せたような、そのまま眠なってくるような匂いやった。

「この家なあ、代替りしてもうじき売りに出るんやで」

大きな柘榴の木が二本見える門の前で、茂ちゃんは立ち止まった。

「こんな金持ちでも屋敷売ったりするんか」

「おやじさん、妙なもんでねえ。宝殿町なんて昔から住んどる人が変わらんようで、一番出入りが激しいんや。高い塀や厳めしい門の中はいつも慌ただしゅう動いとる。外から見えやんだけや」

「へえ、そんなもんか」

俺は茂ちゃんに「おやじさん」なんぞと呼ばれたことに面喰らっとった。

「そういう家の家系図、おやじは作っとってね。このあたりで売るな、言うて目つけると滅多にはずれることがなかった。一番乗りで随分商いさせてもろたよ」

茂ちゃんが嬉しそうなのは雨のせいでも、儲け話のせいでもないらしい。

「おやじのことをみんなは大法螺吹きて言うとったけど、あれはカムフラージュや。商売の勘は確かやった。俺なんかおやじの埋めといてくれた宝のありかを一つづつ掘り起しとるようなもんや」

宝殿町のゆるい坂を登るたんび、茂ちゃんは立ち止まって、名残り惜しそうに振り向いたりする。

「ええなあ。地面も家もこの辺みたいに静かに動く、それが一番や。なあ、おやじさん、この近くに変った喫茶店が出来たんやで、寄ってこか。傘入れてきてもろた礼に驕るわ」

茂ちゃんはもしかしてはなからそのつもりやったんやないやろか。返事も待たんと、さっさと歩いて一軒の大きな西洋館の前に立ち止まった。

「蕊《しべ》。ここや、ここや」

俺はなんか気後れがした。宝殿町の屋敷が古い墓石のようなら、この喫茶店はそん中の教会、十字架が立っとる所のように見えた。

俺の気後れは玄関へ入って無《の》うなるどころか、ますます大きなってきた。俺はつい、玄関て言うたが、ほんまにそれは普通の家の玄関のような造りになっとる。床は古いタイル敷で、天井がえらい高い。吹き抜けの大きな硝子には、晴れた日は陽がさして明るいんやろが、今日は雨の滴が一杯並んどる。

部屋のまんなかにタンスほどのでかい食器棚が置かれ、その上に花がようけ生けてある。人が二十人も座れそうなテーブルがデーンとあって、あとは中庭に面して椅子とテーブルが幾組かあるだけや。薄暗い奥の方に黒いピアノが一台見える。

見たところ学校の椅子みたいに硬い気がした椅子は、座ると誂えたように背や腰にピッタリした。

中庭にはテーブルに生けてあるのと同じ大きな白い花をつけた木が二本、その下は緋扇《ひおうぎ》や射手《しゃが》のような小さな花が、手入れのしていない庭のようにごちゃごちゃ咲いとる。葉だけになっとるバラの垣の方に少し見えとるのは井戸の跡やないやろか。

「おやじさん、コーヒーでええんか」

茂ちゃんの声で俺はハッとした。魔法かけられたみたいにボーッとしとったらしい。

「蕊のコーヒーはね、東京ではやっとるエスプレッソいう濃いコーヒーなんやけど、それでもええな」

『梨花』で大概のコーヒーは飲んどる。俺は気にもせんで、「ああ、ええよ」と答えた。

「この家はね、昔外人が住んどった家でね、そのせいで少し普通の家と造りも違《ちご》とる。ここを沼倉さんが買うて、下を店にしたいって相談された時はえらい驚いた。こんな古い家に住むいうだけでも驚くのに、宝殿町の奥に喫茶店とはね」

「ああ、まるでお伽話の家みたいや」

「そうやね。でも沼倉さんいう人はたいした人や。この店、案外若い者にうけてな。夕方はアベック、土、日は貸し切りにしてパーティの予約がようけ入るんやて」

運ばれてきたコーヒーはえらい小っさいカップに入っとった。

「これだけか、しみったれたカップやなあ。まるでおまけのカップやないか」

「エスプレッソいうのはみんなこういう小っさいのやて。そやけど飲んだらなんでかわかるよ」

俺はこわごわ泡ぶくの立ったコーヒーを一口すすった。

「何や、これ。えらい苦いで」

俺が目を白黒させとるのを見て、茂ちゃんは大きな声で笑《わろ》た。

「最初は俺も驚いたが慣れてくると中毒みたいに好きになった」

そう言われて、試しにもう一口飲んでみた。

「胃の中に泡ぶくがたつみたいや。これ一杯で胃潰瘍が五つ、六つ出来るかもしれん」

その時、ピアノの置いてある奥の方から痩せた女の人が出て来た。薄い藤色の服を着て、同じ色のカーディガンを羽織っとる。

「いらっしゃいませ」

その女の人は近づくにつれて年をとって、俺達のテーブルまで来た時はもうお婆さんになっとった。

「おやじさん、オーナーの沼倉さんや」

茂ちゃんに言われて俺は驚いた。話しを聞いた時からずーっと働き盛りの男だとばかり思とったから。

「生憎の天気ですのに、ようこそ」

灰皿を取り換える手を見ると、正真正銘の年寄りの手やった。

「どうですか、景気は」

「少しづつね。でも年寄りの暇潰しですもの、丁度いいの」

汚れた灰皿を持って遠去かる後姿を見ながら、茂ちゃんは俺の肘をつついた。

「なっ、おやじさん。あの人幾つに見える？」

「若《わこ》う見えるが、案外年かもしれん」

俺は片方の手を開いて、そこに左手の指を一本添えた。

「もう一本！」

俺は心底ビックリした。「七十か？」

「ちいっと出とるかもしれん」

「たいしたもんやなあ。あんなキレイな年寄り初めて見た」

「そりゃそうや。俺らとは生れも育ちも違う。外国仕込みや。五十年も前はな、沼倉緑て言うたら宝殿町の生きた宝石て言われてたんやて。おやじが言うとった」

女学校を出てすぐ結婚し、ずーっと東京に住んどったが、終戦後は長いこと旦那の仕事の関係で外国暮し。その間におやじさんの事業が潰れたり、跡継ぎの兄さんが死んだりして、家も土地も人手に渡った。それをどうしても買い戻したい、出来ないなら昔住んでた近くに空屋でもいいから探して欲しいと頼まれて三年目、やっとこの西洋館が見つかったのやと言う。

「死んだおやじがえらい喜んでね。俺の力で宝殿町に本物の宝をやっと還せるて。思えばそれが最後の仕事やった」

茂ちゃんはコーヒーをうまそうに一口飲んだ。

俺も真似して、もう一口飲んだ。

最初はあんなに苦いと思て飲んだのに、口の中に含んだ時の匂いが何とも言えんええ匂いなんや。

「茂ちゃん、俺もこのコーヒー、好きになりそうやで」

「そうやろ。このコーヒーのこと、文ちゃんにも教えたんや。いつか店の休みの日に連れてって下さい、言われとったのに果たせなんだ」

中庭の草が雨に一つづつくるまれてゆくようや。

俺は、守が子供の時、『庭の千草』いう曲の入ったオルゴールを買ってやったことをふいに思い出した。

「文ちゃん、もう戻らんやろなあ」

「戻らんやろ。文ちゃんはまだ若いし、子もおらんかったし」

「俺なあ、文ちゃんまたどっかの町で喫茶店やるような気がするわ」

ほんまを言うと俺も、文ちゃんはどっかで「夢の続き」と言いながらコーヒーたてとるような気がしたが何も答えなんだ。

「五十年経って、沼倉さんかて戻ってきたんや。世界中回ってやで。きっとこの町はそんくらい値打ちがあるんや」

オルゴールが止む時の寂しさいうのはたまらんもんやった。最後から二つ目の音なんか、急に玻璃《はり》のように澄んで。それがいややで何遍もネジを巻いたんやが、結局いつも、その最後から二つ目の音を聞くはめになった。終りにはオルゴールの箱いうのはあの最後から二つ目の音だけ入っとるような気になったもんや。

「今日は暇だから、こんなことをして遊んでいたの。男の人に甘い物のお相判じゃ気の毒かしら」

沼倉さんが硝子の蓋のしてある入れ物の中にまっ白な菓子を入れてやってきて、自分の分のコーヒーも運ばせてから、その菓子を切って、俺と茂ちゃんに配ってくれた。

「もうすぐ花火ね。私は五十年振りにこの町の花火を見るんです。外国にいる頃、よく夢にみたの」

ケーキを食っとる沼倉さんの指の爪がキレイな桜色に塗ってあった。俺は何やオドオドして、菓子がうまいことフォークに刺さらなんだ。

「私、雨宮さんとは他の喫茶店で幾度もお会いしてるんですよ」

「へえー、沼倉さんもさすがやねえ。敵情視察ですか」

「そうじゃないの。私はね、この町が懐かしくて、懐かしくて、どこへでも行きたいの。でも年寄りでしょ。すぐ疲れてしまって。休みたいなって思うと丁度よく喫茶店があるものだから」

「変ってますか、この町は。五十年前と比べて」

「さあ、どうかしら」沼倉さんはそう言うて、俺の方をチラッと見た。

「変ってるのかもしれないけど。私にとっては五十年間夢にみた通りの町」

「この町は変っとらん。あちこちに水の姿が見えるとこなんぞ、昔のままや」

俺はやっとそれだけ言うと白いケーキの上に顔を伏せた。菓子を食うだけやのに汗みずくになるなんて初めてや。

その後、茂ちゃんと沼倉さんがポツリポツリ喋っとっても、俺は話によう入ってゆけなんだ。

「奥様、お電話です」

しばらくして奥の方から若い女の人が呼びに来た。

「それでは、またお越し下さい。ごゆっくりどうぞ」

ちょっと頭を下げて歩き出す身の軽さ、鳥が水の上を離れる時みたいや。

俺もええ潮や思て立ち上がった。

「茂ちゃん、どうする。俺はもう帰るが」

「俺はもうちっとここにおる。傘ならええよ。ここのを貸りてくよって」

立ち上がったら急に、この店の中に花の匂いが籠っとることに気がついた。

「ああ、これ、何の匂いやろ」

「泰山木や。宝殿町にはこの花が昔から多いんやて」

コーヒーもケーキもご馳走になることにして外へ出た。

雨は大分小降りになっとる。これ位なら茂ちゃんも傘がのうても、そう濡れずにすむやろ。

俺は宝殿町の坂をゆっくり下った。

「沼倉さんはね、私はもう花びらなんか一枚もない蕊だけになってしまったけど、やっぱり生れ故郷に帰りたいんですって、おやじに言うたそうだよ」

そんな茂ちゃんの声が後からついてくるようや。

「またいらして下さいね。私と雨宮さんは同族ですもの。この町の中を水のように、どこまでも浸してゆく……」

お伽話のお姫さんが年寄りになったみたいな沼倉さんの言った言葉なんぞも思い出されて、俺の足はますますのろくなった。

宝殿町の坂は波のように次々現われて、その一つ一つからあの大きな白い花の匂いが立ち昇ってくる。

（四）

「父ちゃん、どこへ行ってたん。今朝は梨花やなかったんか」

俺が帰ると、血相変えた母ちゃんが走り寄ってきた。

「あんた、今、増夫さんがどこにおるのか知っとるの？」

「どこて、工場やないんか」

「何、呑気なこと言うとるの。あんたが行ってからすぐ知らん男から電話あって、増夫さんの居所聞かれてな。隠すと為にならんて。あたしは怖くて、怖くて。店へでも来られたらどうしよう思て生きた心地がせんかった」

頭の中にあった『蕊』の匂いと雨の滴が一遍に落ちた。

慌てて松一兄貴のとこに電話したが誰も出てこん。昼はいつも義姉さんがいるはずやのに、もしかして居留守つこてるのかもしれん。

俺はいろいろ考えて、末の妹のアキの所に電話してみることにした。あそこは商いしとるんや、居留守つかうこともあらへんやろ。

「はい、大塚洋品店です」

電話に出たんは都合ええことにアキやった。

「なに、竹二兄ちゃん。あっ、そうや、増夫兄ちゃんのことやろ」

多くを言わせんと、待ってたように喋り出した。

「家《うち》とこにもやくざみたいな奴から何遍も電話あったよ。兄ちゃんとこにしろ、あたしのとこにしろ名字が違《ちご》とるのに、どないして調べるんやろなあ。増夫兄ちゃんもアホや。あんな高利貸しみたいのから金貸りて。こんなことになるのわかっとるやないの」

増夫の工場が大分前から左前らしいことは知っとったが、俺は商いのことは判らんから、最後には家や工場売っ払って、自分が勤めにでも出ればええんやろぐらいにしか考えんかった。

「増夫兄ちゃん、借金しまくって逃げとるんよ。あんな人らに見つかったら半殺しやで」

母ちゃんがしきりに俺のシャツを引っぱって何か言うとる。

「喜美子さん、由美ちゃん」て言うとるらしい。

「喜美子さんと由美ちゃんはどないしとる」

「こうなる前にどっかへ逃がしたらしい」

アホな奴や。女房や子供まで辛い目にあわせよって。

「なあ、増夫兄ちゃん、妙なこと考えへんやろなあ。あたし、それだけが気がかりや」

アキは急に涙声になった。

「薄情や思とるやろなあ。あたしかてヘソクリでどないか出来る金額やったら、兄妹やもん、知らんふりなんかせんかった。増夫兄ちゃんにもしものことでもあったらどないしよう。寝覚め悪いわあ」

俺はそんな縁起でもないこと言うなって怒鳴ってやった。

「あいつはしぶとい奴やでどうにか切り抜けるやろ。それより又、妙な奴から電話がかかってきたら警察へ電話せえよ」

まだグズグズ言うとったが俺は受話器を置いてしもた。気丈そうにみえても女は女や。

「なあ一体、増夫さんどないしたん」

心配そうな母ちゃんに俺はざっと説明した。

「何でそんなことになったんやろ。えろう羽振り良さそうに見えたやない。そんなに借金こさえて、これからどないするつもりやろなあ」

「どないもこないもせんよ。身から出た錆や」

「真の身内やいうのに、あんた冷たいんやなあ」

母ちゃんの言葉に俺はかぁーとした。アキにしろ、母ちゃんにしろ、身勝手なもんや。

「他にどないしたらええ言うんや。俺に借金の肩替りせえ言うんか」

怒鳴ったら余計に腹が立ってきた。

「ちょっと出てくる」

俺は脱いだばっかりのサンダルを又、つっかけて外へ出た。

ええ按配に雨はあがっとる。まだ降り足らんとみえて蒸し蒸しするが、俺はやけくそのように速よ歩いた。

兄貴が留守らしいのは判ったが、他の兄妹でこの町におるのはアキの姉の艶子《つや》しかおらん。艶子は七人兄妹で只一人結婚してへん行かず後家や。栄町《さかえちょう》にある古い呉服屋に奉公してもう三十年になる。そこの主人夫婦に気に入られて、店の二階に住んで商いのことも切りもりしとる。

増夫の嫁の喜美子さんとは古い友達やて聞いとるし、今度のことも何や知っとるかもしれん。俺は気が急《せ》いて、あっという間に栄町の『みすず呉服店』の前まで来てしもた。

着いてしもてから、丁度今は昼飯時やて気がついた。ちょっと気がひけんこともなかったが火急のことや、仕方がない。

「いらっしゃいまし」

奥から知らんおばさんが出てきよった。

「あっ、艶子は……」俺は咄嗟に艶子の名字、つまり養子にくる前の自分の名が出やなんだ。

「艶子さんは昼休みやで……」おばさんも言いかけて、俺のサンダルばきを胡散臭げに見とる。

「さよですか。兄ですが、いつも妹がお世話さんで」

俺はきまり悪なって、そそくさと頭を下げた。考えてみれば、同じ町に住んどって、店に尋ねてきたいうのは三、四年ぶりや。無沙汰のまんまで、店の主人にでも出てこられたら、手土産一つ下げてこんで、えらい恥かくことになる。

「艶子は二階ですか」

「いいえ、艶子さんはついこの先を曲がったとこにある藍いう店で食事してはります」

俺は幾度も礼言うて店を出た。兄妹の不始末の話やから、外におるんならその方が好都合や。

『藍』はよく言う和風喫茶みたいな店で、俺も何遍か前を通ったことがある。

入口の横に安倍川餅やところ天、あんみつの見本なんかが出とるがコーヒーは見当らん。こういう店はコーヒーの代りに、抹茶に茶菓子でも出すんやろ思て寄らへなんだ。

中に入ると、昼時にしては混んどらん。女の好きそうな甘味や餅を昼飯にする者はたんとはおらんのやろ。

「あら、竹二兄ちゃんやないの」

俺がきょろきょろしとると艶子の方から声をかけてきた。「店に行ったら、ここや言われてな。お前、昼飯旦那さん達と食わんのか」

「うん。前は一緒やったんやけど。この頃な、昼御飯ぐらい一人でせいせい食べとなった。ご飯つけてもろて礼言うて、おつゆ出してもろて礼言うて。箸付けん前に幾度もお礼言うたりするの、面倒になったんや」

俺は薄鼠色の着物を涼し気に着とる艶子の姿を改めて見た。

「何やお前、変ったな」

俺はウェイトレスがやってきたんで、「ところ天」言うてから、「コーヒーはないやろ？」と聞いてみた。「あります」と言う。

「ほんなら、コーヒーや」

昼時や言うのに心配事があるせいか、ちっとも腹が減ってこん。

「増夫な、東京におるよ。私が逃がした」

俺はびっくりして艶子の顔を見た。

「ほんまか」

「ほんまや。放っといたら一家心中やった。あのアホ！」

二つ違いの弟を艶子はあっさりやっつけた。

「おととし、喜美ちゃんに泣かれて百万貸したんや」

俺はもうちょっとでコーヒーこぼすとこやった。

「百万も貸したんか」

行かず後家いうのは気前のええもんや。

「七人兄妹で助けてくれたんはお前だけやて、えらい喜んだけど。あたしは増夫に貸したんやない。喜美ちゃんと由美ちゃんに詫びの印にやったんや」

「詫びて、どういうわけや」

艶子は帯の間から扇子を取り出すと、手わるさするみたいにのろのろ広げた。

「なあ、竹二兄ちゃん。父ちゃんと母ちゃんと菊夫兄ちゃんの位牌なあ、どこにあるか考えたことある？」

「どこて、松一兄貴のとこやないんか」

「父ちゃんが十五年前に死んで、みんな家出たり、嫁に行ったりで。結局あたしが母ちゃんの死に水とったってことは知っとるやろ」

「ああ、知っとるよ」

俺はつい俯いてしもた。婿に行ったいうのは、嫁に行った妹よりずっと肩身の狭いもんや。

「母ちゃん、どうしても松一兄ちゃんの嫁さんの千加さんとそりが合わんで、何遍も出たり入ったりして、結局あたしのとこへ帰ってきて死んだ。それも知っとるやろ」

よう覚えとる。おふくろはみっともないぐらい誰にでも従順な女やったのに、どういう訳か千加義姉さんとだけはそれが合わなんだ。

「死に際までな、どうしても自分の骨も位牌も絶対千加さんとこへは戻さんでくれて、泣きながら頼むんやわ。千加さんとこへやるぐらいやったら拾った骨ぐちゃぐちゃにして、流しに捨ててくれ、いや生ゴミと一緒に放ってくれてもええ、そう言うんや。だから母ちゃんに死なれてな、あたしやっぱり松一兄ちゃんとこへは戻せやなんだ」

群青色の扇子には萩が二株、桔梗が二茎描かれてあった。それを萩を一株、結梗を一茎というように少しづつ開いて見せては、また閉じて、艶子は話を続けた。

「でもな、あたしその頃つきおうとる人があって、結婚するかもしれんかったよって困ってな。増夫に相談したんや。増夫その頃派手にしとったやろ。見栄もあったかも知らんけど、心良う引き受けてくれてな。えらい立派な仏壇まで買うたんや」

俺にはみんな初耳のことやった。「なんや年上の者に相談もせんと」て怒りかけた言葉をぐっと呑み込んだ。

長男の松一兄貴の所へ預けたくなかったら、他にどうしようがあったやろ。俺とこには雨宮の仏壇がある。三男の菊夫は戦死しとるし、他の妹は嫁に行っとる。

「二年前にな、増夫が不渡り出したんよ。まだそん時やったら商売さえ畳めばどうにかなったらしいけどな。工場はもうこれまでと腹くくって、親子三人夜逃げ同様にこそこそ荷作りしとる時、夫婦で同時に気づいたんやて、そや、仏壇があるんや言うて」

俺はちょっと目をつぶった。そん時の有様が見えるようやった。

殺風景な部屋にダンボールの山。空っぽの引き出し。出てこうとして襖あけたら、そこにある金ピカの大きな仏壇。

「死んだ者まで一緒に夜逃げさせるわけにはいかん。まだこの町は出られんな、て増夫さんが言うたんよ。そう喜美ちゃんに涙ながらに言われてな。あたし何も言えやなんだ。だから焼け石に水、てわかっとっても詫びの印に百万やったんよ」

「そんでお前、結婚は？」

「ダメになった。もうずーっと前の事や」

俺は黙ってコーヒーを飲んだ。何や味はあんまりしやなんだ。

「竹二兄ちゃん、コーヒー好きやねえ。似とるんやな。あたしも大好きや。今度自分でたてる機械買《こ》うたから、飲みにきて」

着物の袖をちょっとめくって時計を見ると艶子は立ち上がった。

「昼休み終るよって、もう帰るわ」

俺も一緒に『藍』を出た。増夫のことも、艶子のことも気がかりで、このまま別れるんは気がすすまんかった。

「なあ、増夫東京で大丈夫やろか」

「うん。長距離トラックの運転手しとるって。落ち着いたら喜美ちゃんたちとも、又一緒に住めるようになる思うわ」

空は少しづつ明るくなっとる。柳の葉に露がたまって、風が吹くとそれがビー玉のようにポロポロ落ちる。

『みすず呉服店』の軒が見えてきた。

「兄ちゃん、仏壇て不思議やねえ。朝晩明けたり、閉めたりしとるうちに、私、そん中から声が聞こえるようになったんよ」

「声て、母ちゃんのか」

「最初は母ちゃんかと思た。戦死した菊兄ちゃんかとも思た。でもな、この間気がついたんよ。声はな、この町の声やった」

「町の声か」

うん、そう。と艶子は言うた。増夫を逃がした後、仏壇に手を合わすと「あいつは出て行って良かったんや。道があれば戻ってくる」て声がしたそうや。

「ほんまに町の声やろか」

「そんな気がする。兄ちゃん、人の霊て、そう遠くへは行かへんもんかもしれん。この町におるたくさんの霊の声がな、町の声みたいに聞こえるのと違うやろか」

鼠色に見えた着物は日のさしとる所でかざすと薄緑色になった。その袂を振って、「じゃあね」と艶子は急ぎ足で店の中に入って行きよった。

俺は店の前を通らずに引き返して、萱町に抜ける細道を捜した。少し心配が薄らいだら、急に腹が減ってきた。昼時は過ぎとるが『長谷川』やったらまだランチタイムしとるかもしれへん。萱町の細道を幾つか曲がって、南寺町の方へ出る。確かにどこもかしこも道だらけなんやから、増夫もいつか戻れるかもしれん気がする。

「いらっしゃいませ」

『長谷川』へ入ると、俺は若い女の声がしたような気がして、カウンターの方を思わず見た。髪を肩まで垂らした女の人が同時に顔を上げた。俺は目が合うてしもて、慌てていつもより遠くの椅子に坐った。

「珍しいね、雨宮さんが昼時に来るやなんて」

水を持ってきてくれたマスターに「ランチタイムは終りやろか」と小声で聞いた。

「ランチ、終りやったっけ」

マスターはカウンターの中にいる女の人を振り返った。

「もうサンドイッチぐらいしか残ってないの」

俺はそれでええ、言うてからマスターに「新しい女の人、入れたんか」て聞いてみた。

マスターは返事の代りに、女の人に手招きした。

「真理っていいます。どうぞよろしく」

俺は近づいてきた女の人が最初見た時よりずっと若いのに驚いた。長い髪を手で後にはね上げて素直そうに深いお辞儀をする。まるで昨日まで女学生だったようや。

「俺の友達のおやじさんで雨宮さん。ほとんど毎日コーヒー飲みにきてくれるんや」

マスターは髭面に手をやって、さかんに照れとる。

ごっそうさん、ごっそうさん、言いながら四、五人の客がバタバタ席を立った。どこの会社も昼休みは一時頃で終りらしい。

カウンターの中に戻って、せっせと仕事しとった真理さんが出来上がったサンドイッチ持って出てきた。

「あっ、そやない。パンの切り口は上、パセリの位置はここ」

マスターが皿に飛びかかって注意しとる。

「お待たせ致しました。私、慣れないので叱られてばっかり。でも頑張りますから、よろしく」

はにかんだように笑うと、八重歯が見える。俺は急に五年前の文ちゃんを思い出した。

ハムやら野菜やら、卵までようけ入ったサンドイッチを食べながら、俺は誰かに見られとるような気がしてならんかった。
二、三人客がおるだけで、マスターも真理さんもせっせと働いとる。今日はマスターの母ちゃんの姿も見えんし、他には誰も見当らん。気のせいかも知れん思て、もう一度視線を入口の方に戻した時、壁に見慣れん絵がかかっとることに気づいた。

川べりに浴衣を着た女の人が坐って、うちわを持ってこっちを静かに眺めとる。

「真理さんやろなあ。でも何や寂しそうな絵や」

つくづく眺めとると、「ただいまあ」とマスターの母ちゃんが帰ってきた。

「おかえりなさい」

出迎えた真理さんが店の外を覗くようにすると、母ちゃんの後から四歳位の男の子が入ってきた。

「利男、お噺子どうだった。おもしろかったでしょ」

いつの間にかマスターも手を拭き拭きやってきて、二人で小さな子を囲むようにしとる。

「まだ帰りたくないって、グズ言うてな大変やった」

そう言いながらもマスターの母ちゃんの顔は何とも嬉しそうや。

「ダメよ、わがまま言うとおばあちゃん、もう連れてってくれないわよ」

背中を押しながら小言いうて、店の奥へ追い立てていく。俺は主屋の方へ駆けてく男の子を思わず目で追った。

「あら雨宮さん、お昼ですか」

マスターの母ちゃんが俺に気づいて寄ってきた。いつもの通りなんやろが、顔のあちこちに笑顔の残りがある。

「悠ちゃん、雨宮さんに真理ちゃんのこと言うたの」

子供の後から奥へ引きあげそうになっとったマスターが振り向いて、また照れたようにコックリした。

「雨宮さん、子供には勝てんねえ。絶対に家には入れん、て頑張っとったのに。おばあちゃん、なんて呼ばれると、もういちころや。何もかも許す気になってしもて」

俺は半分も意味が判らんかったが、すぐ頷いた。頷き続けておれば、もっと詳しく判ってくるような気がした。

「可愛いい盛りや。四つぐらいやろか」

「まだ三つになったばっかり。この辺の子供よりちっと大きいかもしれん」

マスターの母ちゃんの顔にまた笑いの切れ端が浮かぶ。

「おとついの夜、利男の手引いて突然来られた時は、どうしようかと思た」

奥の方を時々うかがいながら、話を続ける。

「そやけど、あんな若い娘が三歳の子供の手引いて、大きな絵だけ持って尋ねて来たんやからねえ。両親にはとっくに先だたれとることは知っとったし追い出すわけにはいかんかった。」

マスターの母ちゃんは絵の方を振り返った。

「あれは悠一が東京でたった一つ、展覧会で入賞した絵なんですよ。祭の後、いう題なんやて」

そうか、東京の祭の後いうのは、若い娘でもあんな風に寂しい顔するもんなんやなあ。

俺はもう一度、その女の人のもの憂げな、光の消えたような目をじっと見た。

奥からマスターと真理さんが連れ立って出てきた。

「利坊、寝たんか」

「ええ、もうコテッと」

そう言って二人は仕事の続きを始めた。

「ああ、そやない。湯はな、沸騰してすぐコーヒーに注いだらあかんのや。ちょっとカルキ飛ばして、一旦コーヒーにちょっと入れてな、粉がぷうーっと脹《ふく》れてきてから始めるんや」

マスターが教えとるのを、真理さんがまるで女学生が理科の実験しとるみたいに真剣に覗き込んどる。

「さあて、腹も一杯になったし、出かけるか」

俺はカウンターの二人に言うでも、母ちゃんに言うでもなく、絵の方に向かって言うた。

マスターはコーヒー代しか受け取らんで、釣りを返してよこした。

「新米の作ったサンドイッチやから」

マスターは母ちゃんと同じような笑い顔を浮かべた。

「真理さんにそっくりやね」

今度は絵の前に立って、俺は祝儀のつもりで言うたんや。

コーヒーの泡ぶくと睨めっこしとった真理さんが、そん時スクッと頭を上げた。

「似てるでしょ。でもそれは私の姉なんです」

俺はビックリして、問い正すみたいにマスターと母ちゃんの顔を等分に見た。

言われてみれば、顔はそっくりやが幾分、真理さんより老けとるように思える。

「私より痩せてるでしょ。利男産んでからずーっと病気だったから」

『長谷川』に濃いコーヒーの匂いが流れて、俺はちょっとボーッとなってしもた。

「また守さん達が帰られたら一緒に寄って下さい」

少し間があったが、マスターの声は普段と変らんかった。

東京で悠ちゃんは辛い祭を見たことがあるんやろ。そやけど、幸いなことにそれは昔のことで、花火の終った川岸の向こうから、その頃は女学生だった真理さんが姉さんの忘れ形見抱いて、若い者特有の何も怖れん足の速さで近づいてきたんやないやろか。

もう一度、川岸の向こうから声を限りに呼んだんやないやろか。その声は、祭は終ったと思とった悠ちゃんの胸に届いて、花火のように咲いたんやないやろか。

若い者はええ。何でもかでも昔のことにしてしまえる。利坊もおるし、今年の夏は悠ちゃんもそう祭を憎まんですむかもしれん。

腹も脹れたし、増夫の心配も薄らいだ。俺は内堀を歩いて過ぎて、新屋敷《しんやしき》から若宮町《わかみやちょう》の大通りへ抜けた。

町いうのはけったいなもんや。「嫌な町や」て言いながら住まう者もおれば、五十年かけて戻ってくる者もおる。いなくなる者もおれば、思いがけなく流れつく者もおる。

俺なんかの知らんうちに水のように浸して水のように還っとる。人の住んどる所いうのは、どこもみな中洲のようなもんかもしれん。

大分遠回りして、やっと家に着いた。

「まったく、昼飯も食わんとどこへ行っとったの」

「昼飯はな、長谷川でいつもよりよっぽど美味いもん食うた」

少しくたびれとったで嫌味言うたったのに、珍しく母ちゃんが怒りもせんとニヤニヤしながらついてくる。

「なあ父ちゃん、ええもん見せたろか」

白い紙を目の前でパタパタさせた。

「なんや、手紙か」

「そや、あんたが出てってすぐ速達できたんや」

前略、いかがお過ごしですか。こちらはもう山梔子《くちなし》も散って、百日紅《さるすべり》の夏まっさかりという日が続いております。

毎日午後になると「給水制限に御協力下さい」と広報車が回ってくるたびに、そちらの満々と流れる水のことなど思い浮かべております。

過日、思わぬ朗報があり、お知らせ致したくペンを取りました。

四月に守さんの勤務先であります設計事務所より、あるコンクールを知らされ、試みに応募しましたところ見事入選。その賞品として八月の末に二人でヨーロッパ旅行に行かせてもらえることになりました。

当然西欧の建築など見る、半分は勉強の旅なのですが、門外漢の私は「古いのね」「大きいのね」「キレイね」と言っていれば良く、呑気なものです。

この頃は夫婦揃って、すっかり忘れてしまった英会話の勉強に必死です。

お母様の度重なるご相談にもかかわらず、きちんとした返答も出来ず恐縮しておりました。入賞の設計見取図のコピー、その答の参考になれば、とここに同封致しました。御高覧下さい。

さて前述の経緯もあり、今年は少し早目に休暇をとって、花火の前にそちらに帰省したいと存じます。

またお父様と一日三回喫茶店巡りをするのを楽しみにしています。

取り急ぎお報せまで。

かしこ

「ほら、これや」

母ちゃんが茶封筒から三階建ての見取図と、完成図らしいパースを取り出して見せた。

「父ちゃん、奥から空いた額持ってきて」

「どうするんや、そんなもん」

「あたり前や、この見取図二枚とも額にかけて飾るんや。オリンピックの主人がまた地所売ってくれって来たら、答のかわりに見せたるわ」

空いとる額がなかったんで、仏壇用の房がついとる写真立てまで入れて二つ、俺が玄関に運んで、見取図挾んで入れた。

「ええなあ」壁に立てかけて母ちゃんが言うた。

「ほんまに守は才能がある」

「なあ父ちゃん、守は表彰状もろたやろか」

「そりゃ外国旅行まで行けるんや。もろたに決まっとる」

「メダルももろたやろか」

「もろたかもしれん、ええなあ」

母ちゃんと俺は、一階が喫茶店、二階が俺達の住まい、三階が守夫婦の部屋になっとる完成図を、しみじみと長いこと並んで見とった。

煮干のごろん

あたし、もうすぐ死ぬんだと思う。

「メチャちゃん、ごはんよ」奥さんはあたしの方をごきげんをとるようにちょっと見て、昨日と違う銘柄のキャットフードを箱ごと抱えて差し出した。

「今度のは本当に美味しそうでしょ。食べてごらん。一口食べるとキャット驚いて飛び上がるぐらい美味しいんだから」

昔のあたしだったら、そんな変な駄洒落を言う時の可愛いい奥さんを見たりすると、「じゃあ自分で食べてみたら」ってわざと皿から幾つかこぼして見せたりもした。そうすると奥さんは顔を赤くして慌てて、「でもあたし猫じゃあないし」なんて言いながら後ずさりして台所へ走って行き、そのくせあの魔法の白い洞、冷蔵庫とかいう奴の中から牛乳を取り出して立ったままコクコク飲む。飲んだあと袖口で口をぬぐっている所など、でも猫そっくりだった。

「ねえメチャちゃん、ちょっとだけ食べて」

奥さんはもう半分泣きべそをかいている。キャットフードの箱をさらさら振って、思いつめた表情で少し考え込んでいたけれど、涙が光っている目を急に上げて、キャットフードを電光石火の勢いで幾つか口に放り込んだ。

「ああ美味しい、とっても美味しい、キャット」

四つん這いになった足で飛び跳ねる真似をして見せる。でも涙をいっぱいためた目はあたしをじっと見つめたままだ。

かわいそうな奥さん。こんなに優しくて弱かったらあたしが死んだらどうやって生きてゆくのだろう。

あたしはのろのろと前脚を伸ばし、ほんのちょっとキャットフードの方へ近づいた。

ああだるい。

やっぱりダメ。キャットフードに描かれた猫の『マコト』が私をじっと見つめる。本当にうんざりなんだ。キャットフードの箱にはどれもこれもどうしてみんな猫ばっかり描いてあるんだろう。『マコト』もだけど、その前のネコグルメに描かれていた『芦屋のリリ』もみんなうんざりだ。つまり、猫なんてもうほとほと嫌になったんだ。

猫が猫をほとほと嫌になったら死ぬしかないんだということが、どうして奥さんにはわからないんだろう。

「あなた、どうしてメチャちゃんは急に拒食症になったんでしょう」

鬼のような旦那にそんなことを言ったりする。旦那はその時も、また奥さんを泣かす材料が見つかったのでニヤリと笑った。

「もう寿命だな」

案の定、奥さんの目から涙が数珠玉のように流れ落ちて、それでも旦那の無慈悲な言葉があたしに聞こえはしないかと気をもんだ。

ソファの上でそばだたせていた耳をあたしはそっとひっこめた。大丈夫、聞こえてはいないよ。だってあたしは拒食症じゃないし、寿命っていう病気でもないもの。

「あなた、お帰りは早い？」

「転勤そうそうの会議だ。終わったら一杯飲むことぐらいわかってるだろう」

あたしは奥さんの為に深夜までの自由時間を喜んであげた。本当にこんないじわるな旦那の所に奥さんはどうして戻ってきてしまったのだろう。

あたしのため？

ううん、それは違う。子はかすがいって言うけど猫はかすがいって言わないし、あたし飼い主が離婚しても立派に生きている猫をたくさん知ってる。

奥さんがあたしを連れて少しの着替えとお金を持って家を出たのは夏だった。「メチャちゃん、遠い所へ行こうね」奥さんはそう言って狭いバスケットの中へあたしを押し込んだ。

バスケットの網目から覗いてみると奥さんは大好きな向日葵みたいなドレスを着て、緑の巾広のリボンが背中にまで垂れている帽子をかぶった。「ああ、あれにじゃれたいな」ってあたしは思った。

奥さんはもうずーっと前から鬼の旦那とのいさかいにつぐいさかいで疲れきって、涙の乾く暇もなかったけれど、あの頃あたしはとても元気で楽しいことがいっぱいあった。

部屋の中も、道路も屋根も、木の上も橋の下や川も、自転車も学校の庭も、みんな好きだった。動いている物には何にでもじゃれた。前脚でちょっと触ってから飛びのいて、またちょっと触る。そうすると花や虫や木や子供があたしに振り向いた。それだけで一日が楽しかった。動いているものに触ってみたいなんて、この頃はちっとも考えない。

奥さんは鬼の旦那に書き置きもしなかった。フレアースカートの広がり具合を見るように一度くるりと回って、「もっと早くこうすれば良かった」と口に出して言い、あたしもバスケットの中でそう思った。

最初泊まったのは電車の中で、奥さんはあたしにシーッと言う以外口をきかなった。遠い所へ行くんだと思うとあたしはワクワクした。

着いた所は知らない部屋で、白い壁とベッドと鏡、椅子が二つしかなかった。遊ぶ物が何もない。少しがっかりしたけれど奥さんは散らかし屋の名人だからすぐ魚みたい、鳥みたい、風みたいな物をたくさんこさえるだろうと思った。

「メチャちゃんのお家じゃないのよ。ここはねホテル」

奥さんはあたしのトイレを作ってくれながらそう言った。窓の所へ行って下を見ると知らない町が見えた。

奥さんはすぐに外へ出かけて行ってミルクとキャットフードとビスケットをたくさん買ってきた。ミルクとキャットフードを冷蔵庫に入れるとビスケットの蓋を開けて一口食べ、あたしにも半分くれた。心細いんだなってすぐ判ったから、あたしは冷蔵庫に入れられたキャットフードはとても不美味い、と奥さんに知らせるのは止めにした。

奥さんはそれから毎日ビスケットをちょっと食べてはミルクを飲み、あたしはキャットフードを食べてはミルクを舐めた。泣かないかわりに奥さんはほとんど一日中ベッドの中にいた。

ホテルの人が掃除をする時だけあたしをバスケットに入れて、「どこか静かで広い公園ないですか」と聞いて歩いた。

人間ってときどき猫にはとても真似のできない芸当をするもんだと思う。その頃の奥さんの死んだ真似は本当にたいしたもんだった。

目を開いているのにものを見ない。動いているのにそれを知らない。奥さんはあたしが幾度も鳴くと機械的に窓を開けたり閉めたり、水をくんでくれたり、こぼしたりした。キャットフードを取り出すつもりでビスケットをくれたり、自分がビスケットを食べようとしてキャットフードをミルクに浸したりした。

部屋にはありったけのホテルの赤いタオルが散らかっていた。バスタオルやウオッシュタオルのどれでも手あたり次第つかんで、奥さんは自分の髪をふいたり、あたしの足をふいたりした。どこにでも散らかった赤いタオルは殺風景な部屋のあちこちに血溜りのように落ちていた。

ホテルに住んで一週間ぐらいたった頃、水男から奥さんに電話があった。とっても短い電話だった。

「旦那さんが血まなこになって捜していたよ」

「そう」

「俺の所へも来たんだ。すごく怒ってた」

「そう」

「これからどうするつもり」

「わかんない」

「変な気を起こしちゃダメだよ。きちんと話しあいをしよう」

「話しあいなんてうんざりだ。話し合いはもう一生しない」

奥さんはそう言って電話を切るとあたしを強く抱いた。

「バカやろう。話しあいより迎えにくる方が先じゃないか」奥さんの声が案外元気だったので、あたしは調子づいて、ずり落ちた下着の紐にじゃれた。

「メチャ、引っ越ししよう」

奥さんはそう言うとあたしを帽子みたいに抱き込んだ。後を向いた途端に肩が急に震え出して、残っていたもう一方の肩紐も胸まで垂れ下がった。


それから三回ぐらい引っ越しをした。いつもホテルという所だったからおもしろくも何ともなかったけど、引っ越しをするたびに段々狭い汚い部屋になった。

奥さんは痩せて髪ばかり伸びた。あたしを抱き上げるのも億劫そうだった。どんなにねだっても肩乗りや背中落としをやってはくれなかった。

煙草を持ったまま忘れて、指に火傷なんかもしょっちゅうした。もう余り眠らなかった。

イキルノイヤダ、イキルノイヤダ。

奥さんの心臓は弱々しくそう言いつづけた。抱かれるたびにあたしはその声を聞いた。あたしの病気が始まったのはその頃だったのかもしれない。

イキルノイヤダ。

それはあたしの深い毛の一本一本に浸み透って行ったのだ。

奥さんはでも死ななかった。正確に言うと死のうとしたことは一度もなかった。イキルノイヤダと叫ぶだけでは人間は死ねないらしい。

奥さんはお金が失くなって、実家に手紙を書いた。そうしたらある日、年とったお父さんとお母さんが迎えに来た。

「ごめんなさい。でも、もういいの」

奥さんは言った。何がいいのか猫のあたしにはさっぱり判らない。

それから山ばっかりの田舎へ連れて行かれた。「メチャちゃん、向こうには鳥もいるし、魚もいるし、もしかしたら兎だっているかもしれない」ふさぎ込んでいたあたしの気をひこうとして奥さんは言った。

兎なんて見たくない。それはきっとセーターにそっくりだろう。

田舎に行ってみて驚いた。知らないうちにすっかり夏が終わっていたのだ。

田舎には兎はいなかったけれどもぐらがいた。色とりどりに燃えながら落ちる枯れ葉の下に、あたしは毎日彼らを追いつめた。追いつめても、追いつめても声は消えなかった。

イキルノイヤダ。

奥さんは長い夜にまだそう言い続け、それはいつの間にかあたしの心臓の音に混じっていた。

そんなある日、鬼の旦那がやってきた。

奥さんは桐の木の下であたしを抱いていた。葉の落ちた田舎は遠くまでくっきり見える。長い一本道を旦那は歩いてきた。

「イキルノイヤダ
イキルノイヤダ……イキルノ……」

あたしは奥さんの心臓が最後の方になって語尾を少しづつ消してゆくのを聞いていた。耳をそばだたせてあたしは聞こうとした。「イキルノ……」

奥さんはあたしに頬ずりして桐の木の根元にそっと置いた。やつれた鬼の旦那がすぐ側に立っていた。

「水男との浮気は水に流してもいい」

旦那は駄洒落に聞こえては大変だと思いながら、わざとゆっくり言った。

年とった両親は「娘の不品行は親の責任で」とかなんとか言ったままうなだれてしまった。ずっと黙っていた奥さんはいきなり顔を上げた。

「原因は性の不一致です」

旦那は顔をまっかにして奥さんを睨んだ。

「こんな時に、何という恥知らずな！」

「性は恥知らずなことじゃありません」

「そういう理屈を誰に教わった、水男か」

旦那は畳に顔をすりつけている年とった両親の前で奥さんの頬をぶった。

イキルノイヤダ
あたしの心臓は大きくそう言った。

でも奥さんは鬼の元に戻ることになり、鬼は新しい転地先に私たちを呼び寄せた。

「メチャちゃん、飛行機に乗って海を見ようね。海にはイルカがいるかもしれない。鯨が泳いでいるのがきっと見えるよ」

兎の次はイルカと鯨。あたしはもう奥さんの幼稚さを笑う気にもならなかった。まったく、奥さんは人間の歳で言うと二十五歳になるそうだけど、時々小学生にも劣らないほどバカになることがある。

あの水泳教室の水男とのことだってそうだ。水泳のコーチが水男だなんて、初めっから嘘っぽい。

奥さんにはあたしが一緒に住んでからもずっと治らない癖があった。しょっちゅう、三角形に憧れることだ。右に自分の名、左に鬼の名、そして三角形のてっぺんにまだ生まれない子供の名を書いた。幾枚も書いた。でも赤ちゃんは生まれなかったから一年前から自分の名の左側に水男の名を書いた。二人は幾度もあれをしたけど結局子供は生まれないで、奥さんは幻の三角形に疲れた。

「三角形って理想的なカテイの形よ」と奥さんは言った。そして水男とのことがバレると今度は台所でちょくちょくビールを飲むようになった。

帰ってくるといつも奥さんを傷つけるようなことを言う鬼に対向して、だんだん飲まずにはいられなくなった。飲むと「あー三角形、幻の三角形」と泣いた。

あたしは一度も欲情したことがないうちに避妊手術をさせられたから、性の不一致のことも、幻の三角形のてっぺんに憧れる気持もわからない。もしかしたらそのせいで奥さんの「イキルノイヤダ」がすぐうつってしまったのかもしれない。よくはわからないけど、つまり免疫ってものがないんじゃないだろうか……。

奥さんがあたしをじっと見てる。

家具だらけだけど、この家は前の家よりずっと広い。それでも奥さんはほとんど居間から離れずにいつもあたしを見張っている。

「猫は死ぬ時になると一人で遠くへ行くんだ」と鬼がいつも奥さんを脅かすから、すっかりそう信じ込んでいるんだ。

「メチャちゃん、お医者さんに行こうか」

奥さんはついに一大決心をしてそう言った。もう遅いのに。もうあたし、髭も耳も歯も舌も前脚も、毛の一本一本も、イキルノイヤダと叫んでいるのに。

この町は小さいのかと思っていたら、そうでもないらしい。犬猫病院には外来だけでなく入院施設まであった。「分娩室も新築しました」若いお医者さんは得意そうに説明した。奥さんはニッコリ笑った。若いお医者さんは水男に似ている。

「老衰ではありません。ストレスの一種だと思いますよ。この頃こうした症状の動物をよく見かけます。家族の者が気をつけて欲求不満にならないように、気晴らしや、適度な運動をさせたりして下さい」

あたしはしばらく通院と決まった。お薬を調合して貰う時、奥さんは受付にある小さな端末機に目を止めた。

「これ、何ですか」

「患者さんの名前がインプットされたコンピューターです。ま、いわばカルテですね」

先生はもう少し奥さんを引き止めておきたいらしかった。

「ちょっとメチャさんでやってみましょう」

奥さんは笑った。

「同じ名前の猫がいるんですか」

「ええ、飼い主さんはとっても独創的な命名だと思っていても、案外みんな考えることは似ているんですよ」

先生は慣れた手つきで早速キーを打った。

「ほらね、メチャだけで、フルネームでなければこの町にだって四匹はいます」

奥さんはあたしの代わりに大分自尊心を傷つけられたらしい。四列に並んだメチャの名前と住所を指さすと言った。

「これはメチャメチャブスのメチャ
これはメチャメチャバカなメチャ
これはメチャメチャのろまなメチャ
これはメチャメチャいじわるなメチャ」

そしてあたしを抱き上げて毛をうっとりなぜた。

「メチャメチャ可愛いいい大切なメチャ」

奥さんはどうしてこういつまでも子供っぽいんだろう。あたしは言ってやりたかった。

「もうすぐメチャメチャになって死んでしまうメチャ」

奥さんはあたしを助手席に乗せて急発進した。ぐるっと町を迂回して、あたしの知らない広々とした場所でブレーキをかけた。

「メチャちゃん、ちょっと待っててね」

何やら生臭い匂いがしてくる。あたしの衰えた鼻でもここが市場らしいことは判った。

奥さんはこんもりした紙袋を抱えてすぐ帰ってきた。

お家につくとあたしはすぐベッドにしてある椅子の上に寝そべった。どうやっても、どの姿勢でも、あたしの心臓は「イキルノイヤダ」と言い続ける。

「メチャちゃん、いいものあげる」

奥さんがあたしを抱いて和室の方へ連れて行った。襖を開けてビックリした。四畳半の畳一杯に十センチくらいの間隔で大きな煮干が並べられている。

「気に入った煮干を好きなだけ食べなさい」

奥さんはそう言って自分は遠慮するつもりで行ってしまった。

あたしは子猫の時、煮干が大好きだった。でも大人になってからはああいう生き物の形をした食物は好まない。奥さんもそれぐらい知っているはずなのに、と思って不思議な気がした。こんなにたくさんどうしたんだろう、と足元の煮干を何気なく見た。

あたしと煮干のごろんとの出会いはその時だった。

それは普通の煮干より二回りほど大きくて黒かった。背中だけがまだ濡れているみたいに銀色に光っている。

「途方に暮れているみたいね」とごろんが言った。「とにかく、食べてみてよ」

あたしは心底驚いた。

「あんた、死んでるんじゃないの」

「死んだけど、干されるとね、どう言ったらいいのかな、少し生き返るのよ」

あたしは前脚でちょっと触り、匂いを嗅いだ。海とお日様の匂いがした。

「自慢じゃないけど天日干しだからね。骨が少うし暖かいだろう」

そこまでしかごろんは言えなかった。あたしは自分でも自分のしたことがよく判らない。つまりあたしはごろんを食べてしまったのだ。尾はかたすぎて、弱っているあたしには少し荷が重すぎたので残しておいた。もうすぐ死ぬんだからちょっとぐらい行儀が悪くても奥さんは許してくれるだろう。

ごろんは四畳半の海原に三十二匹いた。

あたしはあたしの歩巾に都合よく置かれたごろんを全部で十二匹も食べた。

十二匹目を食べ終わって、食べる前よりずっとしっかりした足どりで襖をあけようとしたら、スーッと向こうから開いて、奥さんが立っていた。

「メチャちゃん、食べられたのね煮干。市場のおばさんの言う通りだったわ」

「奥さん、あれは煮干じゃない、ごろんだよ」とあたしは言った。奥さんはあたしの鳴き方に元気が出た、と言ってまた泣いた。

それからあたしは毎日ごろんを食べた。お水も飲んだ。

あたしの鼻は少しづつ湿り始め、やわらかいピンク色が戻ってきた。自分でいうのも変だけど、毛並はライオンのようになった。だって一匹ごろんを食べれば一匹分、五匹ごろんを食べれば五匹分、「ああ猫でよかった」と思えるんだから。

奥さんはもうごろんを畳の上に並べなくなり、代わりに正ちゃんマークをつけてごろんの数を数えた。マークが増える度に「えらいねえメチャちゃん」と褒めてくれた。

今朝のことだ。

「行ってくる」

書類の入った重いカバンを下げて鬼の旦那が玄関に行きかけた時、あたしは少し悪戯をして、目の前を派手にダイビングしてやった。

「やっ、今のは」

「メチャちゃんなの。メチャちゃんはすっかり元気になったの」

奥さんの声は晴々と明るい。

「死にそうじゃなかったのか」

「それがね、あなた。あたしすごく霊験あらたかな薬を見つけたの」

奥さんはあたしの存在に気づいて声を低めた。そんなことをしても人間同志で聞きとりにくくなるだけで猫には効き目がないというのに。

「それがね煮干なの。以前、市場のおばさんが、猫には絶対内緒にしとかなきゃあなんない煮干がある、って言ってたのを思い出して買ってみたの。それをあげたらね、ふふっ、メチャちゃんの拒食症はあっという間に治っちゃったの」

玄関先で苦虫を噛み潰したような顔で聞いていた鬼は煮干、と聞くや「うっ」と言ったきり絶句した。

あたしは知ってる。夕べ、頭とはらわただけのごろんをあたしはたくさん食べた。残りのごろんの身体を奥さんは水からゴトゴト煮て、だしというものを作った。

煮出されたごろんの鱗は薄青く、煮つまったエキスは琥珀色だった。奥さんは珍しくていねいにそれを漉して、赤味曽仕立ての大根汁にした。

鬼の旦那は大根の味曽汁に目がない。二杯も飲んで、その後ご飯にまでかけて食べた。

「うっ」

鬼の旦那の二回目の絶句の時、あたしはもう一度盛大なダイビングをしてみせた。

「いってらっしゃい」

奥さんは瞬時も誤またないタイミングで玄関の扉をバタッと閉めた。


鼻がムズムズして、身体が毬みたいに弾んでくる。あたしはそろそろ爪研ぎがしたくなった、と敷居を引っ掻いて意志表示をした。奥さんはいそいそとダンボールで組み立てた引っ掻き台を運んできてくれた。

あー、爪とぎって本当にせいせいする。もうあたし途中から夢中になっちゃって、あたしが無惨に引き裂いているのがたかがダンボールだなんてこと忘れてしまった。原初の本能のまっただ中、ちょっと恥ずかしくなって奥さんの方をチラッと見ると、奥さんもあたしのように目が輝き始めている。そのうち「あっ」とか何とか言って、洗い物の途中でバタバタ廊下を駆けて行ってしまった。

隣の垣根から沈丁花の匂いが漂ってくる。あたしは身づくろいを済ますと急に散歩に行きたくなった。

日を浴びた板塀があたしにすり寄ってくるようだ。塀の上からちょっと家の方へ振り向くと寝室にいる奥さんの姿が見えた。

ベッドの上に腰かけて熱心にマニキュアをしている。本当に奥さんの単純な連鎖反応ほどあたし達を強く結びつけているものはない。

「メチャちゃん、あたしこれからハンサムな獣医さんの所へ通院するけどお留守番しててね」

あたしの姿を見つけると塗ったばかりの桜色の爪をひらひらさせて見せた。

獣医さんの所に行くのになんで猫が留守番をしなければならないんだろう。あたしは好意的な拒否のつもりでふんわりと向かいの道に着地した。

もうすぐ蝶々というおもしろいリボンが飛ぶ頃だ。

野の骨を拾う日々の始まり

（一）

——夢の飛沫
そう言って桐子は立ち止まった。私がわかったのかもしれない。走り寄って顔を覗き込んだ。
——瞑想という形の整った木の下で
どんなものも突き抜けてしまう目ではっきり言ったので、私は続けるしかなかった。
——男が来て　その種子を撒いた
うなづくような仕草でかすかに笑った。
——フランネル草の花が見ていた

二十年ちかく戸籍上の姉だった人は、静かな足取りで通り過ぎようとしていた。からたちの棘だらけの垣根にまんべんなく冬の日があたり、精妙に絡み合った枝と枝の隙間がときおり宝石でも嵌め込んであるように光った。

「桐ちゃんに会いに帰ってきたのよ」

後ろから追いすがるようにして腕をとり、肩を揺すぶった。

――木の中には朝と昼と夜が入っている
――つぐみとかけすとふくろうのように
桐子の声を聞いていると続きはすぐに口をついてでた。彼女は両手を軽く触れ合わせて輪の形にしてみせた。

――洞の中には鳥の目がひとつづつ　人間に仕掛ける罠がひとつづつ
軽く私を押し退けるようにして歩き始めたので、もうそれ以上引き留めることはできなかった。

「今度は三日ぐらいここにいられるわ」

後ろ姿に大きな声で告げた。

長身の桐子が黒い髪を揺らして振り返り、「ずーっといればいいのに」と言ってくれたのはもう何年前になるだろう。

彼女が行ってしまうと、私は小さな旅行バックの傍らにうずくまらずにいられなかった。何度繰り返されても、帰郷して初めて桐子に会ったときの悲しみに馴れることができなかった。

うずくまったままで、見なれた大きな母屋をじっと見つめた。私と兄が五歳のときに引き取られた家。実の母にも優る養母とひとり娘の桐子が住んでいた家。生みの親に売られるようにして連れてこられてから、十年以上住んだ懐かしい家。

私は門から母屋までのよく手入れされた道にもう一度目を凝らした。そして、今は桐子の機小屋に改造された二階建ての蚕部屋の屋根が栗の木の向こうに見え隠れしているのを長い間眺めた。

「うずくまっていると陽炎はいくらでも生まれてしまう。ほとんど二人づつ。陽炎っていうのはきっと双子ね。宏子ちゃんとまあちゃんみたいに」

引き取られた当初、私と兄は古い屋敷に馴れずにしょっちゅうおどおどして、何処へでも隠れようとした。うずくまってさえいれば誰にも見つからないと単純に信じていた。

旅館の仲居を転々としていた母との暮らしから身についた幼い処世術だったのかもしれない。主の亡くなったばかりの古い屋敷はそれでなくても閑散としていて、小児がうずくまる場所は何処にでもあった。ほとんど至る所にあった。

日向でも、日陰でも。私たちは隠元豆のようにくっついていつも隠れていた。養母の優しすぎる眼差しから、桐子の透き通った声から。逃げ回り、隠れ続け、それはやがて私たち新しい家族の最初の睦みあいになり、子どもらしい遊びになった。

「みーつけた。二人の影が地面にうつっていたもの」

日向でも日陰でも、桐子は捜し出すと決まってそう言った。だから長い間私たちは影がひとりでに立って、桐子に居場所を教えるに違いないと本気で思っていた。

大人になった今でも、日のあたる道にうずくまっていれば他愛ない立ち眩みを双子の陽炎だと信じることができる。けれど今、私の影が日向にどんなに長く伸びても、桐子はそれを見つけだしてはくれない。

後ろで自転車のベルの音がしたので私は振り返った。

「おばさん、いらっしゃい」

小学二年になる姪の歌子である。

「どうしたの、体の具合いでも悪いの」

ブレーキもかけないで自転車から跳び降りて、明るい声でたずねた。

「ちょっとね、でももう大丈夫。門の外で桐子おばさんに会わなかった」

「会った。いつもより何だか嬉しそうだった。宏子おばさんが来たからかもしれない」

そう言うと私の旅行バッグを自転車の荷台に載せて、又さっそうと走りだした。

「お母さんに知らせてくる。おばさんのこと待っていたから」

上半身を伸び上がって自転車をこぐ後ろ姿が見えなくなるとすぐに、農具の置いてある物置小屋の方から兄嫁の牧子らしい姿が現れた。

私と同い年とは思えない地味なズボン姿で、母屋の前に立つとしきりに手を振った。

私も歌子母子の快活を真似て手を振り返した。

双子の陽炎の挨拶のようであった。

（二）

「兄さんは。畑に出てるの」

「そう、兎谷の方にね」

答えた時、義姉の顔が心もち逸されたので、私は言わずもがなのことをつい口にした。

「桐ちゃんを見張っているんでしょう」

義姉はことさら農家の嫁のような物腰で立ち上がって、土間に降り、お茶の支度を始めた。

「ねえお義姉さん、桐ちゃんの具合そんなに悪いの」

子供部屋にしてある二階から歌子のハミングが聞こえ、すぐに軽い足音が廊下を滑ってきた。

「お母さん、私も宏子おばさんとお茶していい」

義姉の顔が繕ったように明るくなり、茶卓なしの清水焼きの茶碗に良い匂いのするお茶がつがれた。

「おばさんが帰って来るからって、お母さんと昨日、茨餅を作ったのよ」

義母のその母の代からの磨きぬかれた檜の茶簞笥から、歌子は背伸びをして大きな塗鉢を出してきた。

「ほらね、綺麗でしょ。桐子おばさんも茨餅が大好きよ。いっぺんにね、三個ぐらい食べちゃうの。普通のお餅だと全然見もしないのに。変なの、葉っぱでくるんであるだけで、三個も食べちゃうの。でも……それしか食べないけど」

屈託のない歌子のお喋りにつられて、私も義姉も茨の葉を広げて、餅を食べてはお茶を飲んだ。それしか食べない、という言葉が柔らかな餡の中に混じった小さな石のように、私の心に硬く当たった。

「太っちゃう。私はお母さんに似て少しデブだから。桐子おばさんや宏子おばさんに似ればよかった」

少女めいた科白を吐くようになった姪を、私はことさら愛しいと思って眺めた。帰郷する度にのびる草のように手足が長く、利発になってゆく少女が頼もしかった。

「これ、お店のものだけど、二人におみやげ」

旅行カバンに詰めてきたお揃いの白いセーターを差し出すと、親子のそっくりな丸い目が一様に見開かれた。

「すてきねえ。アンゴラかしら。柔らかくて、暖かそう」

「お母さんが着たら兎じゃなくて、白ブタみたいって、お父さんはきっと言うよ」

憎まれ口をたたく一人娘にぶつ真似をしてみせると、義姉は茨餅を手早く分けて包んだ。

「これ、由紀ちゃんちに持っていってあげなさい。それから…」

言い淀む義姉の言葉を姪はすぐに察して言った。

「うん。帰りにはなるべく桐子おばさんを探してくる」

トレーナーにマフラーをぐるぐる巻きつけただけの格好で、歌子は自転車に乗って元気よく出て行った。

「いつ見てもあの子は可愛いわねえ。だんだんお義姉さんに似てくるみたい」

帰郷しても、とかく桐子にばかり気をとられて、姪とはろくに遊んでやったこともない。けれどこの頃の歌子を見ているとしきりに、私たちがこの家に引き取られた時のことなどを思い出してしまう。

危ういほどの影のない明るさ。本当は絶壁の上に立つはかない明るさを、桐子も私たち兄妹も同じようにこの家に振りまいて育ってきたのだ。その溢れるような思い出が姪の一挙手一投足に纏わっては発ってくる。

そう、丁度あんなふうに表門までの緩い坂を両手を離して自転車に乗った。飛ぶように、などと。光の横糸に記憶の縦糸が交錯する戸外から目を転じると、私は微かに居住まいを正したらしい義姉と日影の居間にいた。

「桐ちゃん、あんまり食事をしないの」

「そうね、お肉はほとんど食べてくれない。魚も切身をあらくほぐしたものぐらいはご飯に乗せて食べることもあるけれど」

桐子の話になると、普段でもゆっくりした話し方をする義姉の口調はますます鈍く、語尾は消えがちになってしまう。そのくせ向き合えばいつも桐子の話になる。義姉にしてみれば私は唯一桐子のことを心おきなく話せる相手なのに違いない。

「でもね、桐子さんはとっても鯛が好きよ。ほら、御祝儀の折りに入っているような、あんな少し乾いたような鯛でもきれいに食べるの」

「そう…昔からね、桐ちゃんは鯛が好物だったのよ。お養母さんは時々そのために鯛飯を大きな釜いっぱい炊いたの」

私たち兄妹が初めてこの家に連れてこられた夜も、養母は心尽くしの祝いの膳に、皿から尾が跳ねるほど大きな鯛を一尾づつつけてくれた。

「今夜から私があなたたちのお母さん、桐子がお姉さんです」

その挨拶を待ちかねたように、桐子の白い手が私たちの膳に伸びてきて、鯛の骨を慣れた手つきではずしてくれたのを昨日のようにおもいだす。

私たち兄妹が高遠の家に迎えられた経緯は子供心にも腑に落ちないものだった。

子持ちの仲居だった母が客で来た桐子の父と懇ろになり、呼ばれもしないのに隣町までついて行き押しかけ愛人になった。

しかし幸か不幸か、そのすぐ後で桐子の父が急死してしまったのだ。

線香をあげさせてくれなどと殊勝に口実をつくって、母は高遠の家に金の無心にでも行ったのだろう。その時養母とどんな話合いが持たれたのか幼かった私たちには知るよしもない。死んだ桐子の父が主とは名ばかりの婿養子だったことも、母が新しい恋人ができて私たちを邪魔に感じていたことも、ずっと後になってから判ったことである。

多分、母は望んでいた線香代の数倍の金を貰い、むしろ喜々として厄介な双子の子供を手放したのだろう。

「宏子さん」

呼ばれて私は我にかえった。

「宏子さん、新しいストールご覧になるでしょ」

「そうだったわ。ストールを仕入れる名目で休暇がとれたんだった」

高校を卒業すると、東京から大学に通っていた桐子のもとから私も二年制の洋裁学校に通わせてもらった。デザイン科とは名ばかりの花嫁学校だったが、独立して洋裁店を始めようとしていた教師に見込まれた。

今では、都内でも名だたる高級住宅地の中にある支店の一軒をほとんど任されていた。

「そんなこと言って、宏子さんはもう社長みたいなものなんでしょ」

奥の部屋から風呂敷包みを抱えて出てきた義姉は言った。

「とんでもない。社長とかチーフとか言ったって、たかがお針子と店員よ」

「でも偉いわ、内の人もよく言うのよ。双子で生まれてきたんで神様が性別を間違えたんじゃないかって」

「そりゃ義姉さん、お世辞じゃなくて皮肉よ。私がもてなくていつまでも独身でいるから」

同級生として高校時代を一緒に過ごした気楽さが、あっという間に義姉との会話を友達同志のそれのようにしてしまう。

桐子が草木染めの糸で大判のストールを織りだしたのは、病いを得て田舎へ帰ってからのことである。その染め方も織り方も養母の伝授であったらしい。染めたり織ったりする時だけ、桐子のすべてを突き抜けてしまう目が対象をはっきり見すえる。それが嬉しくて、私は勤め始めたばかりの店の一隅に桐子の作った物を置いて貰う交渉をした。青桐のマークをつけた素朴な草木染めのストールは意外と好評で、すぐに半年毎の納品が間に合わないほどになった。

常連の外人客が桐子のストールで顔を埋めるようにしてやってきて「コレネ　ワタシノクニノ　ステップトオナジニオイ」などと言うと私も嬉しかった。

「織りあがったのを桐ちゃんが自分で持ってきたの」

「ううん。歌子がね、これ出来上がったから持って行くね、って言ったら頷いたんですって」

「じゃあ、お義姉さんもまだ見てないの」

「そう。宏子さんと一緒に見ようと思って。預かった時から今度はどんな色だろうなって、楽しみにしていたの」

中に生き物でも入っているような手つきで義姉は風呂敷を広げた。

ほとんど白に近い薄黄色の木綿、暖かい枇杷色の毛織、青と茶を混ぜたシルバーグレーの絹、そして日の陰った土の色をした鳶色、その下に重ねられた微かに赤の混じったケット織りのマフラーの類。それらはひとつひとつ手にとると、微妙に異なった匂いと暖かさを感じさせた。

静かな生き物を膝で眠らせる感触に似ていた。

「何で染めたか、お義姉さん知ってる？」

「私はよく知らないの。見られるのが嫌いみたいなのよ、桐子さんは。でも歌子がいつものように栞を作ったって言ってましたから教えられると思います。胡桃や楓、萱《かや》、山査子《さんざし》、それから桐もあったみたいです」

「キリ？　そう、自分も染めてみたのねえ」

涙もろい義姉は私のひと言で思わず涙ぐんだ。

「ねえ、宏子さん。桐子さんみたいな病気って自分が悪くなるのが判るのかしら。あの…例えばてんかんの予兆みたいな」

私もよく義姉と同じように、草木染めをしながら桐子の心の状態が不思議な色合いに閉ざされたり、明け放たれたり、そして幾度も後退を繰り返したりするのを想像することがあった。

「秋が始まって、終わる頃までずうっと、まるで病気が悪化するのが判っているみたいに根をつめて染めたり、織ったりしていたの。そんな桐子さんを見ていると、酷いことをさせてるみたいで辛いのよ、私」

大粒の涙が畳に落ちた。

桐子の発病以来十年間、私と兄の涙はその前半ですっかり枯れてしまったが、義姉は子を産んでから一層みずみずしく泣くようになった。

「すみません。お義姉さんにばかり苦労を押しつけて」

私はストールを畳みながら言った。

「苦労だなんて思ったことはありません。ただね、内の人が言うのよ。桐ちゃんが草木染めを始める度に、まるで獣を殺しているような匂いがする。皮を剝いだり、肉を干したりしているみたいだ。家中が殺戮の匂いで一杯だ、なんて」

「そんなことはないわ。お兄さんは男だからわからないだけよ。桐ちゃんは染めたり、織ったりすることが本当に好きなの。お養母さんはこの仕事をしていると、ノニカエッテイルみたいだっていつも言ってた」

「ノニカエルってどういうこと」

「高遠の家にはね、時々ノニカエッタままの人がでるそうなの。草や土や、野や谷にさまよい出た魂が戻れなくなるんですって」

「怖い話ね。内の人はそんなこと全然話してくれなかった」

「男はね、野の番人だから大丈夫なんですって。女だけがね、草を刈ったり、そこに埋まったりしているうちに、野に狩られてしまうんだって…お養母さんが言ってたわ」

私と桐子は養母に叱られて、倉の中に閉じ込められたり、家の外へ出されたりするとよく『ノニカエル』ごっこをして遊んだ。簡単な遊びだった。暗闇や草の中、桑畑の奥、川の土手などでたやすくできた。兄はその遊びを単に「死んだふり」と呼んでいた。私たちは声をそろえて異を唱えたものだ。

「死んだふりとは全然別よ。お兄さんはバカねえ。ノニカエルっていうのは死ぬこととは逆のことなのに」

野に還る為には呪文がいった。七つの言葉のしりとりをすばやく、立て続けに言って、そのまま向こうへ行く、というのがそのルールだった。

新しい美しい言葉でなければならなかった。

ハリ　リトマス　スリガラス　スイミツ　ツグミ　…

それから後は何だったろう。思い出せない。どうしても思い出せないから私はノニカエルことができなかったのだろうか。いや、兄も私も実際は高遠の家とは縁もゆかりもない者である。私と桐子が同じ儀式を同じように繰り返しても、私がノニカエルことなど有り得ない。

一人の男に同じように抱かれても、結局私はノニカエルことができなかったのだから。

遊びも儀式もたやすかった。私はいつでも血の繋がらない姉と同じようにした。私は真剣だったし、ルールを忠実に守った。けれど桐子だけが向こうへ行けた。今でも自由に往来している。ときおり眠りの中で、あの男に抱かれることがあるのかもしれない。

「そう言えば歌子が言っていたわ。桐子さんは草や木の葉を採ったりする時に、まるで見えない相手と話をしているみたいだって。手伝っていると自分にも何か聞こえてくるような気がするって」

「お義姉さん、私一度言おうと思っていたんだけれど」

この家に帰ってきて姪を見るにつけ、私の中に育っていった危惧を今やっと言いだせそうな気がした。

その時、奥の部屋へ通じる外廊下の窓を叩く音がした。

「おい、おかえり。帰ってきた早々俺は仲間外れか」

野良着を着たままの兄の正夫がニコニコしながら立っていた。

「おかえりなさい。居間にお茶の支度がしてあるの。私たちもすぐゆきます」

私は喉まで出かかった言葉を飲み込んで、義姉と一緒に立ち上がった。

（三）

今では台所の竈は塞がれて、使われていない。大きな水瓶のあった所にはステンレスの流しに発った。

台が置かれてある。それなのに昔ながらの少し暗い土間からは懐かしい火と水の匂いがしきり

このあたりは比較的温暖な土地ではあるけれど、真冬にはやはり水道管が凍るようなことも

あるらしい。近代的な台所に慣れている私は幾度も義姉に改造を勧めた。兄も一緒になってシステムキッチンのカタログを取り寄せたりしたのだ。

けれど義姉は強情に今のままの台所に固執した。「慣れているし、使いやすい」と言い張って、結局私たちも電子レンジとガスオーブンを買い足すことだけで引き下がった。

そのガスオーブンあたりから漂ってくる香ばしい匂いが私の食欲を久しぶりに刺激している。

「いい匂いねえ。何を焼いているの」

「鳥の香草焼き。美味しくできるかわからないけれど」

「すごいわねえ。お義姉さん料理がますます上手になるのね」

「宏子、違う違う。こいつは鳥の料理よりも、添えものの香草っていうのが見せたいだけなんだ」

おしゃべりではない兄が幾杯めかのウイスキーのせいで滑らかになった舌で応酬した。

「本当？　香草って、セージとかバジリコとかのことでしょ」

「ええ。今日はタイムを入れてみたんです」

「ほら、得意になって鼻の穴が膨らんできたぞ」

首筋を赤く染めた兄がまた口を挟んだ。

「裏庭の空いていた場所に少しだけ作ってみたんです。近所の人はね、高遠の家のくさっぱらって呼んでいるの」

「楽しみだわ。東京でもハーブは流行しているのよ」

「違う、違う。宏子の言うハーブなんていう代物じゃないぞ。こいつが作っているのは、ただの雑草だよ。この頃、俺の家はそういう葉っぱとか草とかを料理にやたらに入れるのがはやっている。そのうち家族全員が兎になっちまうかもしれない」

口の滑り過ぎる兄を義姉は本気で睨みつけた。

肉と香草の焼けるいい匂いは私の心まで暖かくした。たった一杯のウィスキーで少し酔ったのかもしれない。

私にはよく判っていた。

義姉が台所を、というよりか家のどこにしろ改造したがらないのは桐子のためなのだ。職人が何人も入ったり、母屋の様子が変わったりしたら桐子の病状に影響を与えると思っているのだ。香草園を作ったのも『茨餅』だったら幾つか食べられる桐子の嗜好を少しでも広げたいいっしんなのだ。食欲の減少しつつある桐子の気をひく為に、膳には葉や草を添える工夫をしているに違いない。

兄は本当に良い人を選んでくれた。そう感謝するにつけ、私はどうしてもあの話を切り出さなければならない気がした。

「歌子ちゃんはまだ帰っていないの」

「そうなの。もうそろそろ帰ってもいい頃なのに」

心配そうに台所の窓を開けて義姉も答えた。

「お義姉さんもちょっとここに座って」

兄が気をきかせてグラスに新しい水割りを作ったのを見てから私は話し始めた。

「歌子ちゃんのことだけれど…一度聞こうと思っていたのよ。あの子は桐ちゃんのことどう考えているのかしら」

「どうって…」夫婦は一様に口をつぐんだ。

「つまりね、そろろ血統とか、遺伝とか、そんなことを気にし始めるんじゃないかと思って。誰かに桐ちゃんのことをからかわれたりしていない？　あの子は利発だから余計心配なの」

「桐ちゃんと俺たち兄妹が赤の他人だって話した方がいいって言うのか」

兄のくつろいだ作務衣姿が一変した。首筋に現れた神経質な青筋に私はすぐ気が付いたが、話はやめなかった。

「そう。歌子ちゃんにきちんと教えておいた方がいいと思うの。噂とか中傷で耳に入るより」

養母がいる頃なら私とてそんな心配はしなかった。しかし現在は大分事情が変わってきているはずだ。高遠の家が近在に知られる豪農の名家で、桐子がたった一人の直系の者であっても、彼女の長引く病が、人の目にふれないということはない。

旧弊で素朴な人々が桐子を絶滅しかかった珍種の花のようにいつまでも守ってくれると思うほど私はもう若くなかった。

「いいんです。今のままで。歌子は桐子さんが大好きですから。本当の叔母さんじゃないと判ったら、かえって悲しい思いをします」

「お義姉さんの気持は有難いと思います。でも私はやっぱり…」

私はやっぱり、桐子とは血のつながっていない妹なのだ。兄も歌子も同様に、桐子のように野にまで続く血統とは、縁のない流浪の人間の子孫なのだ。

かすかな酔いが連れてくる暗い記憶を、私はせき止めようとして奥歯を嚙みしめた。

桐子は大学二年生の時に同じ大学の先輩と恋愛をした。半年ほど一緒に暮らしたらしい恋の全貌を私は知らない。けれど、あの男を愛する喜びに輝いていた桐子の美しさを覚えている。そして激しい恋が彼女を滅ぼし「カエラナケレバ、カエラナケレバ」と叫び続けて、壊れていった経過をもっと詳しく覚えている。

桐子の発病は私の青春に最も大きな亀裂を作った。

数々の神経科医を訪ねたり、あらゆる方法の療治が試みられた。養母や兄を助けて、半年以上奔走した後に私は再び東京に帰ってきた。

若かった私は桐子の愛した男が加害者であると一人で決めてかかっていた。問い詰めて、桐子の発病の発端を聞き出そうと、すぐに男に会いに行った。

思いっきり弾劾し、罵倒してやりたかった。出来るなら桐子の心に突き刺さったままの硝子の棘を私の力で抜いてやりたいと思っていた。

会ってみると男が桐子との恋を過去のものとして忘れかけているのがすぐ判った。処女詩集の準備に追われているという安易な言い逃れに私は逆上した。男の立ち回り場所に待ち伏せてはののしった。非難しつづけ、追い続けているうちに、私は混乱し、理性を失ったのだろう。究明しようとして哀願したり、泣いたりした。

桐子のことを訴えながら、私は彼女の恋をなぞっていたのかもしれない。錯乱はたやすく乗り移り、二ヶ月後に私は男の腕の中にいた。

桐子と同じように抱かれることによって、男がどうしても教えてくれなかった彼女の病みの発端を知ることができるかもしれないとも思った。思おうと努力した。

十年経った今、それがどんなに稚拙な自己弁護かよく判る。やはり恋だったと言うしかない。

憎しみに始まって、混乱と酩酊に終わる奇妙な恋。

男の腕の中で目覚め、「桐ちゃんとは全然違う。君はやっぱり彼女とは赤の他人だったんだね」と言われるまでの本当に短い恋だった。

彼女の病みが引き起こした亀裂を私はそんな風にして繕ったのだ。同じ遊び、同じ儀式、同じ恋を経て、私は桐子とは結局赤の他人であるという当たり前の認識をやっと受け入れることが出来た。

桐子より二つ若い私はまだ二十一歳だった。

養母は桐子の病みを二年間見守り、病死した。死ぬ少し前、私の将来の為だと言って、私だけ高遠の籍から抜いた。

「戸籍を見せた方がいいんじゃないかしら、やっぱり」

私は再び、義姉に言った。

桐子と姪の親しさを見るにつけ、私は自分が桐子と血の繋がりなど少しもないという事実を認識しなければならなかった苦い日々を思い出さずにはいられない。真実に目をつぶる為にした短い恋を思い出さずにはいられない。

「あの子も薄々気づいているかもしれません。桐子さんと一緒にいれば嫌でも判ってくることだってありますし、でも…」

私は兄の困惑を予想しえても、義姉の反対は考えていなかった。

「宏子さんの心配も判りますが、しばらくはこのままで。歌子が聞いてきたら、その時は本当のことを話します」

ほんの僅かだが座に気まずい空気が流れた。

実質的に桐子の面倒を見、一緒に暮らしている義姉に言われれば、私は引き下がるしかなかった。戸籍の上でさえ、すでに私は桐子とも兄夫婦とも他人になっているのだ。

「ただいま」

玄関の方から歌子の声が聞こえた。

「遅くなっちゃった。桐子おばさんと林道であってね、木の枝をひろっていたの。どうせ明日は宏子おばさんが魔女の焚火をするんでしょ」

自転車の籠にはたくさんの木の枝が入っていた。

「桐子おばさんはこの倍ぐらい拾ったのよ。すごいの、おばさんはね、枯れ枝に葉が一枚もついていなくても、何の木だか判るみたいなの。ううん、上なんか全然見ないよ。まるで木の中に聞いているみたいなの。時々耳にあてたりしてね、別々に分けて束ねてた」

草木染めには色を定着させる媒染《ばいせん》が必要で、それには草木を焼いた灰が最も自然で良いとされている。木々の状態や種類によって同じ灰でも染色の色が微妙に変化する。草木染めが難解で、奥が深いとされている由縁でもある。

私は帰郷する度に媒染に使う灰を作って、桐子の機小屋に運んでおくことにしている。まる一日かけて畑の一隅で続けられる灰作りをいつの頃からか、歌子は魔法使いの焚火と呼ぶようになっていた。

「そう、寒かったでしょ。すぐにお夕飯にしますから手を洗っていらっしゃい」

台所と居間を行ったり来たりしていた義姉が平凡な主婦の声で言った。

炉辺の輝きとでも言うのだろうか。オーブンの余映を受けて輝いている義姉の顔を私は少し皮肉な目で眺めた。

（四）

媒染用の灰を作る場所は決まっている。

母屋の裏木戸を抜けて、背戸と呼ばれる道を歩いた半日影の窪地である。周囲を果樹の木に囲まれているそこは、一日中火を燃やしていても家人以外の人の目に触れることはめったにない。

広々とした田畑に囲まれて、島のように孤立している高遠の家の広い屋敷杜を見ながら一日中火の守をして過ごすのを私は楽しみにしていた。

草木染めに用いる灰汁には椿の枝葉が良いとされている。それも出来れば幹に葉や花の色が登る時を選んで伐採するのが理想的らしい。椿に通う色素を巧妙に盗むことによって草木染めには植物の命がそそぎ込まれる。

目の前に積まれた枝を見ながら、私は思い出し笑いをした。

以前、慌て者の兄が椿と間違えてたくさんの山茶花の枝を伐ってしまったことがある。私も気づかずに燃やしていたら、通りかかった桐子が火におびえもせずに近づいてきて、炎の匂いを嗅ぐような格好をした。

跪いて足元にこぼれる灰をつぶさに見ていたが、まだ熱いそれを手にとっていきなりはらった。風をうけて、灰は花びらのように野の方へ流れた。

せつない目の色で桐子は灰の行方を眺めていた。詫びているように見えた。火の匂い、灰の感触で彼女には何の木であるか判ったのである。

後日その話をすると、義姉と歌子は灰を作る場所近くに一本の草木塔を作った。

今、そのあたりにほとけのざらしい小さな花がたくさん咲いている。しゃがんで見ていると、背後に人の気配がした。

垂直にほとんど樹木のように立っている。すぐに桐子だと判った。

「桐ちゃん、とってもきれいなストールだったわ。春や夏に染めるものより、秋の色はずっと柔らかいものなのね」

彼女が病いを得る前のように私は話す。もしかしたら、桐子が「そうよ、そうよ」と言ってくれるかもしれないという期待を捨てることが出来ないのだ。

――野火止めから膝折れへ

桐子は火の匂いの流れる方へ顔を向けて言った。

――膝折れから未生の谷へ

彼女が手にしているのはじゃのひげの一束である。黒いつやつやした実の内側は意外と白い。この実の他に赤いやぶこうじの実なども入れて、昔よく草鉄砲をして遊んだ。

「桐ちゃん、少しは憶えているわよね。あの頃のことすっかり忘れてなんかいないわよねえ」

私の哀願するような声が煙の中で切れ切れになる。

――茨の枝を燃やした場所に無数の崖は現れ

私も枯れはてた畑に目を向けて続けるしかなかった。

――いくつもの影が野の回廊に立つ

近づくと桐子の手に触ったので、そのまま握った。振り払われるかと思ったが、わずかに身体の力を抜いただけだった。
――半身は伝説の上衣　下肢は滅び去ったいにしえの歌
――根と茎とはなびらの法則を永遠に断ってきた
　植物に似て非なるもの　女に似て非なるもの

私と桐子は手を握りあって冬の野の中心に立っていた。

背後をあの男の言葉が葬列のように巡って過ぎた。果たして詩集に語られた言葉のすべてが逝ってしまった時、私と桐子は新しい言葉を見いだせるだろうか。今のように手を握りあって、あの男の幻をもう一度眺めるのだろうか。

不思議な安らぎに満ちた桐子の顔を私は盗み見た。

この肉体の内部に異形の者らが跋扈《ばっこ》し、私の握る白い手に草の種族の緑色の血が流れているなどとどうして信じることが出来るだろう。

もし今も、桐子にノニカエッタ者達の招きの声が聞こえているのなら、せめてその声を私も聞きたい。

昂ぶった心を見透かしたのだろうか、私の汗ばんだ手を桐子はそっと離した。

私を見つめもしなかった。火と草木塔を大きく迂回して彼女は遠ざかった。

後ろ姿を見送って火の側に戻ると、いつからそこにいたのだろう、歌子がランドセルをしょったままじっと私を見ていた。

「今、桐子おばさんと話をしていたでしょ！」

鋭い火掻き棒のような声が私に突き刺さった。

「どうして桐子おばさんは宏子おばさんとだけ話をするの。お母さんやお父さんや私とは口をきいてくれないの」

声に追われて煙が私の方へ流れ、灰が崩れた。

「話をしているように見えた？　でもそうじゃないの。桐ちゃんはね、私たちには見えない人と話をしているの」

「でも宏子おばさんだって何か話してたじゃない」

そうなのだ。私も桐子も誰にも見えない人に語りかけていたのだ。十年前、桐子と私の物語を盗んだ男の言葉で。

「歌子ちゃんは桐子おばさんが好き？」

「うん、大好き」

急にしょげた声になって姪はうなずいた。

「ありがとう。おばさんも桐子おばさんが大好きだったの。いつも一緒に遊んでた。お兄さんと双子じゃなくて桐子おばさんと双子みたいだって言われてたのよ」

「でも、桐子おばさんは宏子おばさんの本当のお姉さんじゃないんでしょ」

そうか、やはり知っていたのかと私は思った。

「歌子ちゃんはそのことを誰に聞いたの。私とお父さんが桐子おばさんの本当の兄妹じゃないって」

「裏屋敷のおばあさん」

養母と従姉妹の老婆の名を姪は知らない。裏屋敷のおばあさんとかおばさんとか呼んで、たまには遊びにも行くらしい。

「お母さんにその話をした？」

「ううん。してない。お母さんは桐子おばさんが大好きでしょ、可愛そうだから言ってないの」

私はうつむいて、気づかれないように少し笑った。良く似ている母子だと思った。

「ねえ宏子おばさん、私も大人になれば桐子おばさんとお話が出来るようになる？」

この愛らしい少女は、なんと鋭く尖った問いをたくさん持っているのだろう。十年前の私の背信をこんな風に暴けるのは養母だけだと思っていたのに。

「そうね。でも今だって歌子ちゃんは桐子おばさんと話をしているのと同じよ。とっても仲良しなんだから」

こんな急拵えのごまかしなどすぐに見抜くようになってしまうに違いない、この丸い目をした八歳の少女は。

しかし、まだその時ではないらしい。姪はランドセルを片肩だけはずして、中から何か取り出すのに余念がない。

「ほら見て。帰って来るとき由紀ちゃんとこれ作ったの。きれいでしょ」

落ち椿を白い木綿糸でつなげたレイを自分の首にかけて見せた。

「ほんと上手ね。この椿はかちんこの森にある椿でしょ」

「そう、地面に生えているみたいにいっぱい落ちてたの」

白い羽衣、赤い曙、ピンクの乙女椿、養母が茶室に生けた侘助。村じゅうにある藪椿。

――薄紅のまぶたに畳まれた夢の地理　野の暦
私は桐子の諳じた詩句の続きを胸の中で呟いてみる。

目の奥に落ち椿の地理が浮かぶのは、火の側に長くいたせいだろうか。熱く火照る瞼に手をやった時、低い炎を飛び越えた姪が首からはずしたレイを草木塔にかけるのが見えた。

（五）

早い夕暮れであった。私は灰の始末を済ませると、さすがに疲労を覚えた。

私が暮らす街はこの時間になると急に華やいで美しくなる。数々のイルミネーションに化粧された光の川を車の波が行き過ぎる。着飾った女の行く先には磨かれた鏡が待ち受けて、一人の女を無数の姉妹に増殖させる。音楽は男の背中から靴の中にまで溢れて流れ、おびただしい数の酒瓶が開けられる。

私は古里を思い出すように遠い街の光景を思いだしていた。

それなのにここは暗くて寒い。樹木はすっかり黒い骨だけになり、山々は伏せた獣の影のようだ。兄も義姉もまだ畑から戻らぬらしい。姪さえもかくれんぼを始めたように姿をみせない。つい今しがた、暮色の中に桐子の後ろ姿を見送ったばかりだ。

私は機小屋に入る好機を逸してはならないはずだ。

これまでもずっと、私は盗賊のようにひっそりと機小屋に出入りしてきた。

のろのろと気の進まぬまま機小屋に近づくと、扉は薄く開かれたままになっていた。

小屋などと粗末な呼び方をしているが、ここは建てられた時に近在の職人が見に来るほど最新の設備を備えていた。

母屋で調整できる冷暖房はもとより、機音を考慮した防音装置まで取り付けてある。風呂やトイレが完備しているのは言うまでもなく、媒染剤や染料を蓄える冷暗所まで設けられている。板の間には手織り機が二台、周囲の作り付けの棚は糸を入れておくためのものだ。壁には染液を煮る釜の類が整然と吊るされている。

隣は桐子の寝室になっている。ベッドやドレッサーの他に養母の部屋にあった安楽椅子も置かれてある。十二畳もあるだろうか。私はこの部屋に入るといつもかつての桐子と養母を同時に思い出す。しかし実際にこの部屋を作ったのは養母だけであり、義姉はテーブルセンターひとつ変えずにこの部屋を保持している。

私はしばらく部屋を歩き回り、やがて本棚から一冊の本を取り出して机に置いた。『植物染色図版帳』この本は染色家か一部の好事家の為に作られたらしいがとうに絶版になっている。昔からの伝統色を著者自らの手で一枚一枚塗り、見本帳に貼ってある。ページをめくるとずっしりした本の外観には不釣合いな、手作りの栞が挟まれているのが目についた。

カジカエデ　ヤマグルミ　カワラヨモギ　サンザシ　イイギリ　つたない片仮名で書かれた栞を集めて、もう一度、図版に照らし合わせていく。

桐子のストールを求める客はほとんどの人が何で染めたのか熱心に聞くので、納品の際それを確かめることが必要だった。

以前、この本を預けて義姉に依頼したのだが、読み書きが出来るようになると、歌子は家業をつぐ嫡子のような熱心さでこの仕事をやりたがった。

染めるのも織るのも、誰かに見られるのが嫌いな桐子も歌子の手伝いは受け入れているらしい。それに、桐子の草木染めは種類が多いという訳ではない。通算しても二十種類を染めるか、染めないかである。木の枝葉、草と花、胡桃のような実もたまには染める。根は染めない。根を染めるのを恐がっているらしい。藍も、紅花も染めない。養母も染めなかった。

「藍は恐ろしい。紅は好かん」と言っていた。

この図版帳が出された頃はまだ、草木染めから緑色を得るのは至難とされていた。赤子でさえ草をむしる指を緑に染めることが出来るのに、不思議に染色としては定着しないのだと言う。草は長い間、緑を人間に渡さなかったのである。その輝く色は彼らだけの血の色だった。けれど最近では緑色も草木から意外と簡単に盗めるようになったらしい。新進の染色家の緑色のカタログなども持ち帰っているが、桐子はまだ染めたことがない。

もし彼女が緑色を染めるようなことがあったら、一枚自分のためにとって置こうと私は思っている。

萌黄《もえぎ》でもいい、鶸色《ひわいろ》でも、海松色《みるいろ》でも。それを身体中に巻き付けて会いに行ったら、あの男は私を桐子と思って抱くだろうか。

カーテンが引かれていないので、窓からは日の落ちた野面の冷たさが水のように押し寄せてくる。机の引出しに手を伸ばして、私はあの男から送られてきた詩集を取り出す。『草の種族』と題された詩集には見返しの部分に小さく、――その来歴を知る者に――という献辞がある。

私は諳んじているページをゆっくりとめくった。

草原に巡る異形の者らの出現に始まり、一人の女が彼らに迎え入れられるまでの叙事詩はまた、幻の一族の四季の詩でもあった。

この本が刷られている頃、桐子は間歇的に襲ってくる病みと懸命に闘っていたし、『謹呈』の判をおされて送られてきた時はすでに、この本に記された言葉以外にはもう言葉を持たなかった。

まるで愛する男のためだけに巫子か語り部になったようでないか。

藤の蔓のように桐子の口から連なって出て来る詩句を聞きながら、私は初めて彼女に憎悪に近いものを感じた。嫉妬ではなかった。彼女も結局、激しい恋に身を破滅させるただの女に過ぎなかったのかという失望も混じっていた。

しかし月日が経つうちに、桐子が詩を諳んじるのを幾度も聞くうちに、突然私は思い至ったのだ。彼女は愛する男の詩を口ずさんでいるのではなく、『草の種族』はあるいは桐子が創ったものではないかと。あの男と暮らしながら、その腕に抱かれながら、自分を迎えにきつつある者、遠く近く呼び続ける者のことを彼女が詠ったのではないか。

百歩譲って考えたとしても、桐子はあの男にそのことをつぶさに語ったに違いない。私は確信して、律然とした。

――その来歴を知る者に――という献辞に込められた背信を見抜くのはたやすかった。けれど、桐子の発病と自分の奇妙な恋愛に翻弄された後では、すべてを解明しようという力はもう残されていなかった。

私は傷心のうちに詩集を飽かず読んで暮らし、皮肉にも桐子と同じように全篇を諳んじるようになった…。

養母はおおよその経緯を知っていたのではないかと思う。知らずにはいられなかったろう。桐子の発病に続く長い日々、「きっとあの男に責任をとらせてやる」といきまいては泣いていた私が、経過を報告するのを怠るようになり、やがて沈黙し、桐子の語る言葉を自分も同じように語ったのだから。

私は明かりのついていない部屋で思い出に没頭する。窓に映る私の顔はむしろ私自身こそ草の種族のように、蒼い。

養母は心臓の発作に襲われた二日後に私を呼んで、形見にと言って、自分の指から抜き取った翡翠の指輪をくれた。まだ肌のぬくみの残っているそれを、私が指に納めるのを見てから、養母はあの話をきりだしたのだ。

「財産と呼べるものはすべて正夫に。そしておまえは高遠の家から出すことにします」

いずれは嫁に行くあなたのためだ、と養母は言った。しかし、その時私は桐子を裏切った為に追放されたのだと信じた。一人娘の恋人だった男と寝た恩しらずな養女。私は緑の宝石にこめられた養母の恨みを受け入れて、承諾した。

本当にそうだったのだろうか。すべて若かった私の一人合点に過ぎなかったのではないだろうか。

自分の娘と分け隔てなく慈しんでくれた養母の記憶が蘇るにつけ、私は疑問に思うようになった。

父を知らず、生みの母に見捨てられた惨めな幼年時代を養母は金色の糸で繕ってくれた。余り上手に美しい糸で繕ったので、私たち兄弟はかえって綻びていた場所にいつも目が行ってしまったぐらいだ。

きっと養母は本当に私の将来を案じていたのだろう。追放されたと感じたのは、私が自分の捻れた恋のやましさを曳きずっていたからに違いない。

寒さが私の背中を浸すようにやってきていた。もう窓に映るものとてない。覗き込んでも鏡さえ夜の沼になってしまった。

——置き忘れられた鎌はみな月になり
——村人は毀れた刃の形でそれを見分けて
一人づつ持ち帰っては通夜をする
私は詩の続きに誘われるようにして機小屋を出た。
月の形の鎌を抱いて、兄たちもまもなく帰って来るに違いない。

（六）

「とってもいい天気、たまには二人で散歩にでも行きましょうか」

遅い朝食の後、義姉が私のあげたアンゴラのセーターに着替えて言った。

「そうね。人の作ってくれる食事の美味しいこと。ここへ来るとつい食べ過ぎちゃうみたいだから」

昨夜は幾つもの月の夢を見た。

美しいはずの夜空は凶々しくきらめいて、埋められた井戸の水を呼んだ。深く眠っていた記憶がそれに答えて揺れた。

冷たい水の感触は目覚めてからも長く残っていた。

私は布団のなかでしばらく呆然としていたに違いない。私があげた白いセーターを着た姪が、襖を開けて「お母さんも今日着るって言ってた」と起こしにくるまで。

日曜日なのに兄は農協の会合とかで、もう出かけていた。

「宏子さん、帰るのは夕方でいいんでしょ。内の人が今日は車で送っていくって言ってましたから」

居間に出て行くと、義姉の明るい声が夢の感触を一掃させた。九時をだいぶ回っている。

「変ねえ。平日はきちんと早く起きれるのに、日曜日っていうと必ず寝坊しちゃうの。身体が週六日制にできあがってるのね」

紅茶とパンで朝食を採ろうとしたら、「また宏子さんに笑われるかしら」と言いながら義姉がバジリコをふんだんに入れたオムレツを持ってきてくれた。

「今度帰ってくる時はお義姉さんには、ハーブの料理本をおみやげに買ってくるわね」

「お願いします。この辺にはいい本がないんです」

他愛ないお喋りをしながら、時間をかけて食事を済ませた。

普段は着る服になど頓着しない義姉が、珍しく私のあげたセーターに着替えてから「いい天気だからもったいない」などと言いながら散歩に誘ったのだ。

「桐ちゃんは」

「朝、見に行った時はまだ眠ってました」

後片付けを済ませると言う義姉を待って、私は一人で渡り廊下から縁側に出た。

もう家の隅々まで温まっている。あと一ヶ月もすれば日当たりの良い土手には土筆や蕗のとうが顔を出すだろう。庭には水仙の匂いが流れ、たちつぼすみれの群落があちこちを彩り始めるに違いない。

その頃にもう一度休暇をとってみようか。

こうして穏やかな冬の庭を見ていると、結局私は空騒ぎを繰り返す街と桐子のいる高遠の家を往復しながら歳をとってゆくという確かな予感がする。華やかな鏡の姉妹にもなれず、ノニカエルことも出来ず。夢の中の月は満ちることがなく、もう二度とあの男に会うこともなく。

庭の木はよく見るとすでに芽吹きが始まっている。変容しえない者にとって、季節の確実な循環は酷いものですらある。

その酷い四季の血を染め続ける桐子を見守りながら、私は立ち枯れてゆくに違いない。諦めではない。美しい姉に似ても似つかない平凡な妹の一縷の希望である。

「これ履いて下さい。靴が汚れますから」

サンダルを運んできた義姉が言った。

私たちは裏庭の方から出て少し歩き、やがてどちらが誘うでもなく香草畑の中に入った。

「あら、冬でも案外青々してるものなのね」

「ええ。大葉や茗荷なんかと違って、あんまり季節は関係ないみたいなんです」

私も兄のひやかしに便乗したくなるほど、義姉の顔は生き生きしている。

「季節はあんまり関係ないんですけど、やっぱり花が咲く寸前が一番匂いがいいんです」

義姉が話している途中から私は誰かに見られているような気がしていた。

振り向くと、白髪の頭がさっと土手の方へ隠れた。

「あれ、誰？」

尋ねると義姉が困ったように声を低めた。

「多分、裏屋敷のお婆さんじゃないかしら。時々様子を見に来るみたいなんです。私たち余り付き合いのいい方じゃないから、気になるんでしょうね」

私は昔から養母の従姉妹にあたる彼女が嫌いだった。桐子も養母も余り好いていなかった。

「お節介なのよ、ずーっと前から」

そう言えば、という風に続けて私は歌子があの話を裏屋敷の老婆から聞かされていたと、義姉に打ち明けた。

「そうですか。知らされるとしたら、そのあたりだろうと思っていました。あの人は私が嫌いなんです。貧乏人の娘に高遠の財産をみんな乗っ取られた、って言ってるそうです」

義姉はしゃがみこんで雑草を抜きはじめた。

「何言ってるの。お義姉さんが貧乏人の娘なら、私たち兄妹なんか何処の馬の骨か判らない流れ者の子供じゃないの」

義姉は手を休めない。まくられたセーターの下から日焼けしたたくましい腕が動き続けた。私には雑草とハーブの見分けがつかない。傍らにしゃがんで、義姉が器用に草を選り分けるのをじっと見ていた。

「いいんです。私は何を言われても。内の人と結婚できたし、歌子もいます。ただ桐子さんが、もう少し元気でいてくれたら…」

桐子の名前が出ると、急に義姉の声が震えた。

「宏子さん。桐子さんの食事がどんどん細くなるのは、潜在的に死にたいと思っているからじゃないですよね。裏屋敷のお婆さんに言われたんです。あの娘のお祖母さんの時とすっかり同じだ、あんなに痩せて。川へは近づかせない方がいいって」

私は憤然と立ち上がった。

「何も知らないくせに。ノニカエルっていうのは死ぬこととは全然違うの、死ぬこととは逆のことなんだから」

義姉は涙をぬぐうと、穏やかな顔に戻って立ち上がった。

「良かった。宏子さんにそう言われて安心しました。私はこれからもせっせと、内の人の言う葉っぱ料理を作ることにします」

一束のセージを採って、私たちは帰ってきた。

荷造りを済ませて、帰京の準備をすると私は奥の仏間に挨拶に行った。

線香をあげ手を合わせていると、義姉の言った言葉が思い出されて新たな不安をかきたてられた。

「お養母さん、桐ちゃんをお守り下さい。川の側に行かせないで」

屋敷の一番奥まったこの部屋は襖に群舞する鷺が描かれているので、白鷺の部屋と私たちは呼んでいた。ノニカエルごっこをすると桐子は、この部屋には鳥の羽ばたきが聞こえると言っていた。

兄の帰宅が告げられて居間へ戻ると、昼食の支度ができていた。

田舎の夕暮れがもたらす寂寥を私は秘かに恐れていたので、予定より少し早く帰りたいと兄に話した。

「だけど、もう二時になる。久しぶりのドライブだから車も洗いたいしな」

「嘘ばっかり、宏子さんに新車を見せたいだけのくせに」

義姉は笑いながら言って、ハーブの時の仕返しをした。

ここから東京までは、最寄りの駅まで車かバスで行き、五つ目の駅で特急に乗り換えても二時間以上かかる。

兄は特急の出るターミナル駅まで送ってくれると言うのである。

ゆっくり昼食をとり、兄の洗車につきあったりしているうちに、瞬く間に午後が過ぎていった。

出立の間際に機小屋に行った義姉は浮かぬ顔をして戻ってきた。桐子の姿が見えないと言う。

「大丈夫、途中で見つかるよ」と言う兄の言葉を信じて、私は母屋を出た。

正門まで送ってくれた義姉との繰り返される挨拶に辟易して、兄は走り出すとすぐにスピードをあげた。

「そんなに速く走ったら、桐ちゃんを見つけられないじゃないの。探しながら行きたいから、少し遠まわりしていって」

兄の車が萱の原の方へぐいっと曲がると、暮色は待ちかねたように野に伏せていた。私は熱心に木々の根元に目をこらし、走り去る畝を幾度も振り返った。

ぶなの樹が並んでいる裸の丘の下を通りかかった時、桐子らしい長身のシルエットが目についた。

「あっ、止めて」急ブレーキがかけられると、桐子の前から小さな影が立ち上がった。遠くから見ると、桐子の内部から出て来たもう一つの影のように見えた。

「歌子も一緒だね」兄がすぐに言った。

日の暮れた丘の斜面を姪はいっさんに駈けてきて、半ばまで迎えに出た私たちと会った。

「おばさん、もう帰ちゃうの。今度いつこられるの」

春にはまた来ると言うとうなずいて見せて、父親のほうに向き直った。

「送って町まで行くなら、買ってきて欲しい物がある」と言う姪を残して、私は桐子の方へ歩いて行った。

「桐ちゃん、私はもう帰るわ。今度は春にも来るつもり。だから、きちんと食事をして…」川の側には行かないで、と私は言うつもりだった。その時、桐子が立ち上がって言った。

——眠る井戸の鏡は割れ　冠にする蔦もない、
諳んじる声に哀嘆が混じると思うのは気のせいだろうか。

——眦《まなじり》を彩る鴨跖草《つきくさ》もなく、唇に重ねる唇もない
私は桐子の声に和した。

小さな影が丘の上へ駈け上がって来るのが見えた。

私は急いで言った。言わずにはいられなかった。

「桐ちゃん。還ってきてくれとは言わないけれど、これ以上遠くへは行かないで」

風が鳴った。それは疾駆する草の種族の鞭の音にも、私を笑う声にも似た。

息を弾ませた歌子がもう目の前に立っていた。

「桐ちゃんとここで何してるの」

「草の芽を見てるの」

姪は当たりまえのことのように答えた。

「私には何も見えないけど」

日の陰った黒い地面に桐子が手を置いているのだけが判った。

「タンポポもクローバーもうまのあしがたも、他にも一杯あるよ」

歌子はちょっと笑った。

「桐子おばさんには全部見える。私にもちょっと見える」

丘の中腹で私たちは静かに別れた。

閉ざされた野の前に大きな水たまりのような車が待っていた。

「ここから見てると、小さな鳥と大きな鳥が二羽止まっているみたいだった」

兄は私の視線を避けて、バックミラーを見るふりをして言った。暮れ残った鏡には黒くうねる道だけが映っている。

すぐに車は発進し、私は振り返ってもう一度丘を見た。

その時、夕暮れのいかなる手品によるものだろう。二人のいるあたりの丘の斜面にくっきりと緑の層が現れて、流れて消えた。暮色の青と混じるほんの一瞬のことだった。
そうなのか。桐子たちが触れていたのはあの緑の血管だったのか、と私は思った。
――祖先に連なる来歴はジギタリスの根に混じって腐った
私たちは今　夢想の崖下や錯乱の斜面に多く棲息する
幻に似て非なる者
私たちの殺意は葉脈に沿って速く流れる

桐子の口ずさんだ詩句はすでにあの詩集の終章に近い。続きを思いだしながら気づいたことが私をうちのめした。もう言葉も、時間もあまり残されていないのではないか。桐子を誘う草の種族の歌を打ち消そうとすればするほど、野に響く声は大きくなった。

――狩られた女は還らず　野の骨を拾う日々の始まり

草の種族

（一）

「高遠さんじゃありませんか」

後ろからよび止められた声に振り向くまでに、ほんの三秒ほど間があった。

私には長い、甘い三秒だった。

タカトウというのは正確にはもう私の姓ではなかった。十年以上養女として、その姓で暮らしたかけがいのない日々があった。けれど追放されてからすでに同じくらいの年月が経っている。

東京で私をタカトウと呼ぶ人間は限られている。懐かしい故郷の人か、あるいは。三秒の間にすでに答えは出ていた。

私は振り返った。

後ろに、あの男が立っていた。

長く無造作にかきあげられていた髪は短く整えられ、洗い晒しのジーパン姿が平凡な背広姿に変わっていたが、タカトウと呼んだその声の響きは忘れようもなかった。

「君はやっぱり桐ちゃんとは赤の他人だったんだね」最初で最後に抱かれて目覚めた朝、私の心を引き裂いたあの声だった。

私もあなたを覚えている、と言うかわりに一歩男に近づいた。混み始めていた美術館のそこだけが吸い込まれるように音が消えている。

姉の桐子の恋人だった男。一夜だけ私と寝た男。私と桐子の物語を全部盗んだ男に私はこうして再会した。

「よく私が判りましたね」

美術館を出た後、近くの喫茶店で向き合って私は言った。たった一夜抱いただけなのに。それもあんな変わった成行きで、まるで付けを払わされるようなやり方で。と私は胸の中で言った。女として静か過ぎる年月が私を実際より遥かに老成させていた。

しかし男の答えはこれ以上考えられないほど皮肉なものだった。

「すぐ判りました。とても桐子さんに似ていらしたから」

そんなことがあるはずがない。そう言うあなたこそ私が桐ちゃんとは似ても似つかない赤の他人だと最後通牒を渡した当の本人ではないですか。それを今更似ているなどと。

東京での長い一人暮しは私に、胸の中で百の台詞を言い、口に出すのはその最後の一語にするという方法を身につけさせていた。

「似ているはずがないのはご存じじゃありませんか」

男はくわえた煙草に火をつけてから、すぐ灰皿に置いた。何か自分の心象を話したい時の、性急な仕草は昔と変わらない。

「不思議なことに今はとても良く似ている。誰かに言われませんか」

男は答えを待つ様子もなく、すぐにその続きをいっきに言った。

「桐子さんはどうしていらっしゃいますか。元気ですか…あの…」

心の病みは全快しましたか。あのままですか、と聞きたかったに違いない。

「姉は死にました」

アネハシニマシタ　モウイチネンモマエニ　アチラヘイッタママデス

（二）

『キリコ　フメイ』たった六文字の電報を受け取った時、私はすでに覚悟ができていた。二十年近く姉だった桐子にはもう二度と会えないのだと。不思議に死という言葉は浮かばなかった。ただもう高遠の家に桐子はいないのだと感じた。フメイとだけ知らせてよこした兄の気持もよく判った。

オマエガカエッテキテモ　ナススベハナイ　桐子が私たちの所に戻って来ることは永遠にないだろう。という通告のつもりだったに違いない。

電話で急変を知らせない義姉の気持も推測出来た。

帰って来るのを待つというよりも、むしろ桐子を行かせようとしているのだろう。遠く野の彼方へ。川を漁っても、山狩りをしても、諦めて空しく消防団の人や村人が帰ってくるのを、雨に降り込められたあの村でじっと息を詰めて待っているに違いない。

桐子になついていた兄の一人娘、姪の歌子の反応だけが気がかりだった。十年間あの男の詩集に記された言葉しか喋らなかった桐子と、大人になれば話が出来るようになると信じていた少女の心が痛ましかった。

大人たちはめいめいに、長い葬送の訓練を受けてきていた。

今年の春、私が帰った時にはすでに桐子はどんな詩句の一片も覚えていないふうだった。

彼女が言葉と思っているのは風の音、梢の鳴る音、草の騒ぐ音、水の流れる音。桐子が加わろうとしている草の種族の歌の調べだけだった。

兄は彼女を見張るために、川の近くの畑ばかり選んで仕事をした。義姉は心配の余りひどくやつれ、眠れなくなっていた。明るく屈託のない姪までが、一日に何度も「桐子おばさんは？」と聞いた。

食事が細くなる一方の桐子のために始めた義姉の香草畑は荒れ、私は彼女の口に辛うじて木の匙で缶詰の果実をはこんだ。

それでも春の終わり頃には桐子がまた草木染めを再開したと義姉は私に便りをくれた。「以前と同じではありませんが、時々染めたり、織ったりしてくれます。途中で誰かに呼ばれたように出て行ってしまったりしますが…。今年は梅雨が長引いて桐子さんを閉じ込めておいてくれたらいいと祈っています」

義姉の望みどうり今年は雨が多かった。この季節になると村人の間で必ず持ち上がる水田の水をめぐる争議はまったくなかったほどだと言う。

皮肉なことに頼みの綱の長引く雨が、桐子のノニカエルのを早めたのかもしれない。少なくとも、助勢したのではないかと私は思っている。桐子のフメイをその霧や露のチュールですっかり覆ってしまうことに成功したのだから。

私は電報を受け取ると、迷うことなく残りの休暇を全部とってしまった。今後私には予備の休暇など必要でなくなることがはっきり判っていた。

その日の午後に東京を発って、高遠の家のすぐそばまで来ると、私は驚愕のあまり立ちすくんだ。川も野もかつてないほどの無惨な荒れかたをしていた。上流から下流まで念のいったやり方で漁られて、川は泥の奔流になっていた。両岸に咲きほこっていた野生の菖蒲はいたずらに首をもがれ、至る所に散らかっている。

野の荒廃はさらにすさまじかった。人の身体の一部分ですら隠れることの出来そうもない藪という藪までが、鎌や農具で刈り倒されているのだ。

正門から玄関に続く道には長靴の跡が乱れ、道を彩る射干《しゃが》の花は踏みつけられて、ぬかるみの中にはガムや食べかけの菓子らしい残骸が混じっていた。

長雨に閉じ込められた村人の欝積が、桐子の遺体を探すという名目の内に、野をかつてないほど蹂躙しつくす暴力となったのではないか、と私は漠然と思った。

このまま引き返してしまいたい、という気持がしないでもなかった。今更からっぽの棺に取りすがって泣くなどという愚かなことは避けたかった。

しかし、一旦家に入ってみると私は自分の帰郷がどんなに待たれた、必要なことかすぐに認識した。やつれた兄夫婦の私を迎えた時の安堵の表情を見ただけで、それがわかった。

「いなくなったのはおとついの朝だ」

兄はあたりをはばかるような低い声で私に言った。義姉がすぐに、もっと細い声で言い直した。

「出て行ったのはさきおとついの夕方です」

「いつもと変わった所はなかったの」

「ええ。ずーっと降り続けていた雨が夕方あがったんです。空に鮭の切身みたいな赤い雲がちらちら見えて、桐子さんはそのちょっとした合間に出て行ってしまったの」

話している時、私は義姉の瞼が神経質にピクピク動くのに目を止めた。

「夜近くになるとまた雨が降り出して。歌子が言ったんです。桐子おばさんは傘を持っていったかしらって」

記憶に操られていたようにピクピク動いていた皮膚が急に止まり、あっという間に義姉の顔がくしゃくしゃに崩れた。老婆のような顔だった。泣きすがる肉体がないので、義姉の嘆きは奇妙なパントマイムのように映った。

「桐ちゃんの行きそうな所は全部探した。鳥見山も漆谷も。流れ橋の下も、神社も」

兄は義姉の肩を抱くようにして、私を見た。

「探索は今日中に打ち切ってもらうつもりだ。おまえを待ってから…そう思っていた。いいだろ、もう」

私はうなずいた。義姉の震え続ける肩を見ながら、遅すぎるぐらいだと思った。フメイという無限の不在、完結することのない死の淵にこれ以上長い時間兄夫婦を宙吊りにしておくことは出来ない。

「歌子は、どうしてる」

私は気がかりだったことを口にした。

「今日から学校に行かせた。大丈夫、家の中ではあの子が一番しっかりしてる」

あのくらいの歳の子供には確実な死よりも、こうした曖昧な行方不明の方が、かえって奇妙に納得出来るものかもしれない。兄はそんな意味のことを私を慰めるように、ぽつぽつ喋った。

しかし義姉のすすり泣きは一層激しくなって、しゃくり上げる合間に「でもあの子は知ってたんです。もう桐子さんが帰ってこないって知ってたんですから」と繰り返し呟くのが聞こえた。

（三）

兄の要望を入れて、探索は打ち切られた。多分桐子の病状も考慮されたのだろう。一週間後に遺体のない形ばかりの葬儀も無事済んだ。

一旦東京に帰って仕事の段取りを済ませると、私は知人や親戚がひきあげて静かになった高遠の家にもう一度戻った。

今年の梅雨は本当に長かった。桐子の葬儀の頃に出された梅雨明け宣言が撤回されて、また肌寒い雨期に逆戻りしていた。

「青梅をそろそろ落とさなければね」

土間に立った義姉は幾度もそう言った。

「梅酒にするには遅すぎるぐらいだな」

兄も同じ返事を繰り返した。

私はうなずきながら窓を盗み見ていた。

降り続く雨の湿気で柱がきしんだ。兄はその音を聞きつける度に、待っていたように身じろぎをする。

繰り返される無言劇に似た空間を桐子の気配が横ぎっては消える。

「どくだみばかり元気がよくって…」

義姉は井戸に落とす石のような言葉を選んで話す。

「本当に何もかも水びたしだからなあ」

義姉と兄の会話を聞きながら、私はお茶を飲んでいる。緑の湯の中にくるくると回りながら沈んで行くのはこのびしょ濡れの村の全部だ。

私たちは三人とも、心のなかで雨が止みさえしたらもう一度、草原をさまよう桐子の姿を見ることが出来ると確信しているのだ。口に出さなくても、同じ思いが私たち三人をいつも居間に集め、雨の牢に閉じ込められた美姫のような野の様子をしじゅう話題にさせた。

「このあたりでも、もう蚕を飼っている家は少ないのね。桑を採る人がいないもの」

「そうなのよ。でも、桑畑は他に使い道がないから」

痩せてひとまわり小さくなった義姉は少しおしゃべりになった。兄が私たちの話を聞いているふりをしながら雨の様子をちらっと見る。

庭の牡丹がざざっと音をたてて崩れる。

義姉は何の音か判っているくせに、不安そうに土間の窓を開ける。

「見て…飽きずによく降るわねえ。葛の葉が一日に一メートル伸びるって本当ね。裏山から攻めてくるみたい」

「どこの土手も葛のはっぱだらけだな」

兄がうわの空で答える。私は居間にいけてある山吹の花が散りかかるのをじっと見すえる。

こんなふうにして、桐子が私たちの所に帰って来ていた。長雨に蘇る緑の道を通って、兄にも義姉にも、私にも。はた目にはとても長い、変わった通夜をしているように見えただろう。

居間の隅にはまだ配りきっていない引出物の箱が少し乱雑に積まれてあった。不祝儀用の箱に入った砂糖に私たちは同じように幾度もつまずいた。蓮の花が描かれた紙に包まれている真っ白な塊がこの家では今、一番重い物だったのかも知れない。

「裏屋敷のおばあさんね、こんな天気が続くから、だいぶ具合いが悪いんですって」

義姉はいたづらに一日に幾度も湯を沸かし続けた。煮えたぎったやかんを手にして彼女がやってくると、兄は機械的に土瓶の蓋を開けた。イヤダワ　スッカリハガヒライテルと言いながら義姉はそのまま湯を注ぎ、私はほとんど味のない熱いだけの茶をすぐに飲んだ。

「婆さんも、もう歳だからなあ」

兄はずいぶん間を置いて答えたが、珍しく口の周りに笑みらしいものが浮かんでしまっていることに気づいていない。

「一度お見舞いに伺っておかないと。後でまた大変よ」

相談する口ぶりだが、義姉の声も少し楽しそうに聞こえた。

「本当ね。ちょっと泣いたりしないとね。桐ちゃんの時は私たち、こんなに泣かない家族は珍しいなんて言われたんですものね」

三人は初めて顔を見合わせ笑った。

裏の栗林が風に鳴っている。激しくなった雨音にははっきりと、機音が混じっているのを私たちは同時に聞いた。

（四）

裏屋敷の老婆が死んだ。雨期に重なった二つの死が狭い村の噂を分断してくれた。老婆の葬送が済む頃には、さしもの雨も長い滞在を打ち切る様子をみせはじめた。

私は終日、兄夫婦と畑にでたり、歓談をしたりして日を送った。夏の兆しが野に溢れると、私たちの胸に桐子の幻は一層確実となって見えてきた。

今朝、二階の窓から水田に群がる白鷺を見た時、私は片脚を水に浸す一羽の桐子をすぐに見分けた。朝霧が晴れて、畝の周りにかんぞうの花がきらめいた時も桐子が見えた。

「自転車で萱の原を走ると、後ろを誰かが押すみたいな気がする」姪がそう言った時、私は桐子のいたづらを笑った。

家族の誰もが野の至る所で彼女に会った。髪を見たり、指に触ったり、しりとりを呟く声を聞いた。木苺や夏ぐみを集める籠の中に桐子の影を閉じ込めた。

長い休暇だった。帰京を明日に控えて、私は一日延ばしにしていた機小屋の訪問を実行することにした。

扉を開けると、小屋の中はうっすらと湿気とかびの匂いがした。私は窓を開け放ち、床を拭いた。ここに初めて、桐子のベッドを移した時のように。

その時は養母が一緒だった。嫁いだ娘の新居を整えるように養母はここを作った。入念に、注意深く、むしろ楽しそうですらあった。十年前にも思いだしたことをそのまま又、私は思いだしていた。


「ねえ、お養母さん。どうして私たちを貰ったの」

少女の頃、養母に聞いたことがある。

「どうして私とお兄さんを貰ったの」

お手玉に数珠玉を入れながら、養母はけげんな顔をした。

「貰われたと思っているの」

「だって、お母さんにお金をあげたでしょ。お兄さんが見たって言ってた」

小学校の高学年になっていた私は養母と同じぐらいの膝頭を寄せて詰めよった。

「私は貰ったとは思っていない。あなたたちを産んだ女の人に連れてきてもらったけど」

養母はごまかそうとしている、と私は不満だった。

「ねえ、何んで貰おうと思ったの。お母さんが置いていきたいって言ったから」

愛人だった桐子の父が死んで間もなく、生母には新しい恋人が出来ていた。その男に言われて、父親の定かでない双子の子供を厄介払いしたのだろうと薄々は気づいていた。

「ねえ、どうして。教えて…」

「どうして、どうして、って宏子ちゃんはしつこいのねえ」

数珠玉を入れたお手玉はいい音がした。幾つか放り投げて手になじませてから養母は言った。

「二人ともとっても可愛かったから。りこうそうで、優しくて。会った時すぐに桐子の兄妹になるのはこの子たちだって判ったの」

「それだけ？」

私は追求の手を休めなかった。

「欲張りねえ。そんなにたくさん理由が欲しいの」

養母の膝の上に手品のように小豆と残りの数珠玉が集められた。縮緬のお手玉の中にそれを一緒に入れて、養母は素早い手つきで縫い合わせた。

「数珠玉の鳴る方へ、乾いた小豆の鳴る方へ」

聞いたことのない数え唄のようなものを口ずさみながら、お手玉をしていたけれど、急に真面目な顔で振り向いて言ったのだ。

「桐ちゃんと兄妹になれる子供ってそんなにたくさんはいないのよ。宏子ちゃんとまあちゃんが双子だったからすぐに判ったの」

歳の違う兄妹でも同じではないか、とその時私は聞かなかった。幼かったせいもある。けれど心の何処かで私は納得したのではないかと思う。桐子を守るためには、完全な双葉が必要だということに。


養母も気づいていたに違いない。桐子のいなくなった今、私にはそのことがよく判った。野の番人としての兄、桐子の従者であった私。高遠の古い血を清らかにした兄と、滅びて行く歌をいつまでも聞いている妹。それは何という好一対の双葉だったろう。どちらが欠けても、桐子をこんなふうに野に送り出し、また迎えることは出来なかっただろう。

私はかすかな満足すら覚えながら、機小屋の中を歩き回った。きちんと整理されている部屋は片付けなど必要ではなかったので、私が桐子の寝室の押入れを開けたのはほんの偶然だと言っていい。

ストールを納品する時の風呂敷に何か包まれているのを見てもすぐにはピンとこなかった。桐子が草木染めを再開していたのは知らされていたが、どう考えてもそれを完成させたとは思えなかったのだ。

しかし数こそ少なかったがストールは出来上がっていて、いつものように丁寧に畳まれてあった。薄いはかない色の物ばかりだった。今日のように初夏の日差しをまともに受けると散逸してしまいそうに見える。桐子はもう草や花の染液を発色させ、定着させるすべを忘れていたのかもしれない。

一枚づつ見ていって、最後の麻と綿の薄いストールを見た時私は自分の目を一瞬疑った。それは緑色だった。裏柳とよばれる銀色がかったごく薄い緑。私はストールを持ったまま窓に寄り、光に透かしてみたり、もう一度まじまじとみつめなおしてみたりした。和紙を透かして見たような緑、あるいは植物の命を失いかけたような色とでも言ったらよいだろうか。桐子が消えて行った露にまみれた草原の色。私はストールを首に巻いて初めて泣いた。彼女を覆いつくしてしまった幻野の色に埋まると、身体中が風と草と水の気配に包まれた。

——私たちは声の草　歌の草　水の草
　呪いの蔓で束ねられた者
　神経と皮膚のあわいを縫って
　雨のように　今通る

桐子が死んでから一度も口にのぼらなかった詩句が、ストールに一本一本織り込まれていたように鮮明に思い出された。

——走り寄って來る鋭利な姉妹
すべての記憶は風に盗まれているので
喉にある細い傷だけが一族の証

（五）

「桐子さんによく会うんです。夢の中でですが」

男は私の長い沈黙を気にする様子もなく、おだやかな声で言った。

「とっても楽しげなんです。会った頃みたいに元気です」

男の夢の中に出て来ると言う桐子の様子を、私は彼女のその後の消息だと思って聞いた。そう、楽しげにしていますか。草の種族は高遠の最後の血をひく彼女に、バラの実の冠をかぶせてあげてくれましたか。しなう柳の鞭を持たせてくれていますか。輝く裸身を包む霧のレースは…

「だから僕はあなたがすぐに判った。夢の中の桐子さんはあなたにそっくりです」

私は軽くうなずいて、そうですかとだけ言った。

十年前、一度抱いただけの女の顔はどんな女の顔にもすぐ混じり合ってしまうものに違いない。私は自分がひどく冷静で、身体が長い間灰の中に冷たいまま置かれた炭のように感じた。桐子が生きている頃は数えきれないほど想像した男との再会が、こんなふうにあっけなく実現したことに戸惑ってさえいた。

桐子の命が滅んだ時、男に対する幻も同時に滅び、桐子の姿が再び現れた時にも、男の幻は再生しなかった。

「まだ詩を書いていますか」

私が聞いたのも、場つなぎとしての単なる話題に過ぎなかった。

「えっ、いえ。とっくにやめました。今は平凡な会社員です。あの頃のことを思い出すと恥ずかしいですよ、いっぱしの詩人気どりで」

イッパシノシジンキドリデ　アナタハ　ワタシトキリコノモノガタリヲ　ヌスンダノデスカ
私は十年間、胸の中に溜めてきた問いを披露してもいいはずだった。

アノシシュウヲツクッタノハ　アナタデモ　アノモノガタリヲ　ウタッタノハ　キリコノハズデス　アレハカノジョノコトナノデスカラ
「いやあ、詩集のことは忘れて下さい。恥ずかしいですよ。自分でも内容を忘れてしまったくらいです」
オボエテイナイノハ　アナタガックッタノデハ　ナイカラジャアリマセンカ　キリコトイッショニ　ウタハミンナ　アナタカラ　ハナレテイッタノデスヨ
私は男を皮肉な目で見た。病んでからの桐子はこの男の詩集に記された言葉しか喋らなかった。私は自分の罪の烙印の押された言葉を通じてしか彼女の声が聞けなかった。そんな愚痴や打ち明け話をする気持はもう跡形もなかった。
——女が一人滅びたあと　野の承認を聞く者はいない
見るがいい　薊《あざみ》の葉や野茨の茎
私たちが口づけた所が　赤く愛しい棘になるのを
私の身体には男の口づけた所に傷一つ残らなかったが、記憶には無数の棘痕が残された。桐子の場合はどうだったのだろう。男の存在と彼女の病気の原因はまったく無関係だったのだろうか。養母の言う通り、恋は単にノニカエルためのありふれた儀式にすぎなかったのだろうか。古い疑問を掘り返しても仕方がない。桐子も養母もすでにいないのだ。二人とも迎えられていってしまった。残された私だけがまだ野の承認を聞くことが出来ない。
男は私の沈黙を非難だと勘違いしたらしい。
「詩よりも何よりも、若気の過ちと言って済まされないのは僕が病気の桐子さんをあんなにあっけなく捨てた形になってしまったことです。あなたやご家族の方にしてみればどんなに無責任に見えたことでしょう」

男は苦しそうに言い淀んだ。髪や服装だけではなく、十年の歳月は一人のシジンキドリをなんと平凡な常識人にこね直すことだろう。私は言い訳に苦心する男を初めて会った人のように見た。

「それなのに責める様子もなく。桐子さんが夢の中で幸福そうにすればするほど、僕は罪の呵責を感じるんです」

ツミノカシャク。私は男の告白の平凡さに呆然とした。一時でもこの男が『草の種族』の生みの親などとどうして信じたのだろう。恥じ入るべきはむしろ私だ。幼い恋にあっけなくめくらましをされてしまっていたのだから。ツミノカシャクなどというありふれた自己弁護と自己陶酔に守られている者に、桐子を呼びにきた野の声が届くはずがない。

「あの…彼女が亡くなった時のことをさしつかえなかったら、聞かせてください」

私は男のツミノカシャクに格好な救済を与えるつもりはなかった。ただ男の夢に現れるという幸福な桐子の姿を否定するようなことも言いたくない気がした。

「とても静かに自然な様子でした」

私は本当のことを手短に言った。

草の種族は高遠の血を引く最後の者、最も美しい者を呼びに来て、彼女は穏やかについて行った。歌に加わる歌のように、ごく自然に。

「そうですか。それを聞いて安心しました。信じてもらえないでしょうけれど、ずっと忘れたことはありませんでした」

男の指に細いプラチナの指輪がはめられていることに私はやっと気づいた。優しげな妻に可愛い子供が二人ぐらいいるのかもしれない。

私と男は申し合わせたように立ち上がって、喫茶店を出た。男の顔に屈託の色がなくなった分だけ、私の中に懐かしい甘いものが湧いた。無性に桐子に会いたかった。野をさまよう彼女にではなく、姉だった優しい人に。

男は物慣れた礼儀正しさで別れを告げた。私は礼を返し、そのまま歩きだした。その時、自分でも思いがけない若やいだ声で男を呼び止めた。

「あの…夢の中の桐ちゃんによろしく」

男は突然の言葉に驚いたのだろう。鎧う暇も、感情を整える間もなかったのに違いない。十年前のシジンキドリに戻った声と物腰で言った。

「ええ。宏子さんの夢の庭にも遊びに行くように伝えます」

私は振り返らずにその声を聞いた。

この街にも午後と夕暮れの狭間に露草の原が出現する時がある。すれ違うどの人の背中も青い草の汁で染まって、ビルの間に茅の波がうねる。ただしほんの一瞬のことである。見知らぬ遠い野で誰かが白い旗を振る、それくらい束の間のことなのだけれど。

私は今夜帰ったら、桐子の形見になってしまったストールを首に巻いてみようと思った。はかな過ぎる緑の退色をおそれて、空気にも人の目にも触れさせずにしまってある一枚の幻の野。それは桐子の消え去った一年前と同じ色を保っていてくれるだろうか。

今はまだ裸の首に夕闇が薄い紗をかぶせる。私は坂の上で立ち止まって、露草の匂いのかすかに残る都会の夜をそっと引き寄せた。

——短い午後　黄金の秤は傾いて

　立ち止まる女に　重い花粉はふり続き

（六）

私は桐子のいない機小屋で思いきり泣いた。

裏柳色のストールは長い慟哭の間、畳まれて傍らにあった。それを桐子の形見だと思って抱きしめた時からずいぶん時が経っていた。時間で言えば三時間ぐらい、時の潮流で計れば十年間、私はここで泣いていたことになりはすまいか。

　桐ちゃんと幾度も名を呼び、お母さん、と呼んだりもした。キリコフメイという電報を受け取った時から半月余り、意識して細くしていた感情の管がきゅっと大きく全開された気がした。どんなに大声で身をよじって泣いても、誰も私を見つけにこなかった。

　桐子の死は、私と兄夫婦を完全に三人兄妹のようにしてしまっていた。私たちはめいめいが到る所で桐子の幻に会っていたが、三人ともそのことについては申し合わせたように口をつぐんでいた。

　沈黙が広がる分だけ桐子の通って来る道は広くなり、一人でいる領域だけが彼女の気配の伝わって来る場所なのだ。私たちは桐子と交信するために、お互いの距離を少し空けておくようにしたのかもしれない。

　長い間一人で放っておかれたので、泣きながら遠くまできてしまったのに似ている。私はほとほとと柏の葉が落ちるような足音を聞きつけて、やっと我に返った。こんなふうに人に近づく桐子はもう足音を持たないので、それは姪の歌子に違いなかった。

「宏子おばさん」

　少女の声も今まで泣いていたように、かすれていた。

私は泣き腫れているだろう顔を上げて、姪を見た。

桐子の死以来、私と兄夫婦は奇妙にこの少女を避けていた。フメイのままの人に寄せる微妙な哀惜と、整理しきれない心境を少女の素直な目に晒されるのが怖かったのかもしれない。電報を貰って、駆けつけてきた日に義姉が「でもあの子は知っていたんです。桐子さんがいなくなるに違いないって知ってたんですから」と泣きながら口走った言葉の真の意味もまだ問い正さずにいた。

姪は夕映えに彩られた窓を背に大人びた寂しそうな顔をして立っていた。イマ　ワタシモキリコオバサント　トウクマデ　イッテキタトコロヨ　少女の目がそう言っているように見えた。

「お父さんやお母さんはまだ帰っていないの」

立ち上がる気力もなく、私は聞いた。

「まだ畑にいるみたい。日が長くなったし…でも二人とも本当は真っ暗になるまで、家に帰ってきたくないのよ」

私は少女が大人たちの微妙な変化にやはり気がついているのだな、と覚悟を決めた。どんなに日が長くなっても、父と母が歌も会話もなく、まるで野に締め出されたようにうなだれて家に近づく姿を見れば、少女にはその変化がすぐに判ってしまうに違いない。

「御夕飯が二時間も遅くなって、私はお腹がすいちゃう。お母さんはもうオーブン料理はしなくなっちゃったし」

姪は少女らしく口を尖らせて、ポケットの中を探って幾粒かのドロップを取り出した。勧められて私もひなげし色の一つを口に含んだ。喉に残っていた涙と混じる甘酸っぱい匂いがつぅんと鼻に昇った。

一粒のドロップが失っていた気力を少し返してくれたらしい。私は気になっていたことを初めて口にした。

「歌子ちゃんは桐子おばさんがもうじきいなくなるって知っていたの？」

「うん」

少女は背中を向けたまま素直にうなずいた。

「どうして」

「わかったの。だって私はよく桐子おばさんと外へ行ったでしょ。一緒だと桐子おばさんはなんとなく、私を待っているみたいな歩き方をしてたの。草を摘む時もいつも私の見える所で摘んでた。でも、春の終わり頃からね、一緒に行っても時々おばさんはいなくなっちゃう。急にいなくなっちゃうの。呼んでも、あちこち捜しても見つからない時が多くなって…私、そんなことが続くうちにね、わかったの。おばさんはもう本当は帰ってきたくないんだなって」

少女は喋り終わると、口の中に入れていたドロップを立て続けに嚙んだ。小さな口のなかで透明になったひなげし色がつぎつぎと砕かれる音が聞こえた。十歳の少女の怒りは甘い匂いがする。

「私、ずいぶん捜した。木の後ろや藪の中や。川づたいに名前をよびながら何度も行ったり、来たりした。でもおばさんはなかなか見つからなくて。誰かがおばさんを隠すような気がしてだんだん野に出るのがいやになった」

少女の怒りは悲しみとの双子だったに違いない。ガラスに似たドロップの破片を喉を鳴らして飲み込むと、姪の目が急に潤んだ。

「でもおばさんは、野に出ている時間がどんどん長くなったの。帰ってきてもしじゅう誰かに呼ばれているみたいだった。髪や洋服を濡らしたりしてる時があっても、とっても嬉しそうにしてる。だから私、きっとそのうち帰ってこなくなるんだなあって、わかったの」

とうとつに話を打ち切って、口をきゅっとむすんだ。

「やっぱりこうなるしかなかったんですね」遺体のない通夜の時に、義姉がそう言って唇をかみしめた顔とそれはとてもよく似ていた。

私も東京で桐子のいなくなった夢を数え切れないほど見ていたから、彼女を捜しながら歩きまわる切なさがよくわかった。

夢の中で幼い頃に決って戻っている私たちは、やはりこれも約束ごとのようにたあいないことでいさかいをする。つわぶきの水車を桐子が壊したとか、きりどうしを通る時肘で突いたとか、子どもじみたきっかけで始まったけんかは、必ず怒った桐子が私をおいていなくなるという経過をとる。

夢の中で、おいてきぼりをくうことに慣れきっている私は、すぐには桐子を捜そうとしない。つばなの葉をむしって噛んだり、一人でしりとり遊びをするふりをしている。

夢の中で過ぎる時は時間の法則を無視した込み入った進み方をする。私はそのうちに大人になったり、子どもになったり母になったりする。けれどいつも桐子を捜しているのだ。変化や変装は彼女をおびきよせるつたない手段に過ぎない。

私は桐子を捜し続けた。彼女の長い影を裸の畑で拾うこともあった。声がチカラシバの草の罠になっていたりした。童話と象徴と見知らぬ歌に満ちたながい探索が幾十夜繰り返された。夢の初めに登場する桐子の記憶は少しづつ不鮮明になり、私の長い焦燥だけがくっきりと胸に刻まれた。

だから実際高遠の家に帰ると、私は桐子と野に出ることが怖かった。幼いいさかいを繰り返さないまでも、桐子を同じように見失ってしまえば、夢と同じ陥穽《かんせい》は彼女をたやすくのみこんでしまう気がした。

私が夢の中で体験した辛いかくれんぼを、十歳の姪はいくども現実の野で繰り返したに違いない。

やがて少女は引き結んでいた唇を歳相応な柔らかさで素直に解いた。

「もういいの。ノニカエルのは死ぬこととは違うってお母さんも言ってたし。裏屋敷のおばあさんが桐子おばさんは向こうでみんなと一緒だって教えてくれた」

桐子のフメイに遅れること二週間、老衰の身を文字どうり野に返した老婆の言葉を姪は確信に満ちた声で告げた。

手織機の影が巨大な鳥の翼のように、私と姪の背後を包んでいる。私は桐子の形見になったストールを持って、やっと立ち上がった。

「宏子おばさん、そのストール持って行くの」

姪は驚いたように、尋ねた。

「もう、これは売らない。それに色もよく出ていないしね」

私は裏柳色のストールを取り出して、首に巻いて見せた。

「これはね、私が貰おうと思っているの。桐ちゃんが最初で最後に染めた緑色だから。ねっ、薄いけれど、緑色でしょ」

姪に近づいて同意を求めると、意外なことに少女は笑った。

「宏子おばさん、それはだめよ。それは、それだけは私が染めたんだもの」

私はびっくりして姪を見た。

「だってこれは確かに桐ちゃんが織ったものよ。間違うはずがないわ」

「そう。織ったのは桐子おばさん。でも糸を染めたのは私なの。初めて染めたから、こんな色になっちゃった。桐子おばさんは気がつかないで、他の糸と一緒に織ってくれたの」

私は呆然として、ストールを見た。

気づかずに、そんなはずはない。どんなに薄くても、この色は彼女が決して試みたことのない緑色なのだ。桐子を連れ去った草の種族の血の色なのだ。

「これを織っている時、桐ちゃんは何か変わった様子じゃなかった?」

「ううん、知らない。機音が始まるとここへは来ないから」

きっと桐子はつうのように、自分の最後の羽根でこの布を織ったのだ。自分を誘う草の種族らの声を盗んで縦糸を、呼び戻そうとする少女の願いを横糸にして。

「何で染めたの」

「葛の葉。お母さんが人殺しの葛って言ってたから、たくさん刈って、ずーっと煮て、それで繰り返し染めて、川へ持って行って晒した。最初はきれいな緑色だったの。干すうちに色がなくなって、しまいにはこんな色になっちゃったの」

少女は少し悔しそうにストールを眺めた。

「ねえ、宏子おばさん。きれいな色に染めるにはやっぱり桐子おばさんみたいなおまじないが要ると思う？」

「おまじないって」

「へんなしりとりみたいな言葉」

ハリ　リトマス　スリガラス　スイミツ　ツグミ
私はその後に続く言葉を忘れてしまった。忘れてしまったからノニカエルことができずにいる。

「大丈夫よ。おまじないはきっとそのうち見つかるわ」

そう言ってストールを少女の肩に巻いた。

「でも歌子ちゃん、これはやっぱり私にくれる？」

「うん、いいよ。だって私はまた染められるもの」

そうだ、この少女だったらノニカエルしりとりなど知らなくてもきっといつか素晴らしい緑色を染めることが出来るに違いない。高遠の家を囲む野は寄せては引く波のように、溢れる緑を彼女に送り続けてくれるだろう。花も幹も草も、桐子も時おり風の指さきとなって少女を手伝うだろう。

私は一つのストールに身を寄せあうようにして、姪と並んで立っていた。庭の木々はそれぞれの影と双子になって静まっている。

「あっ、家にあかりがついた。お母さんたち帰ってきたみたい」

確かに揺れる枝を透かして、少女が口の中で壊したドロップと同じ色の明りがまたたいている。

――瞼を幾重にも伏せて　膝を折って

人間の灯りから遠去からねばならぬ

折る指先の　木々の隙間を流れ

眠りこそ　私たちが最も恐れる夢のひとつだ

私には必要のなくなった『草の種族』という詩集は、今は『植物染色図版帳』と並んで姪の本棚の一番高い棚の上に置かれている。

川原

ずっと考えていた。美保が小学校にあがったら、夫とは別れようと。それなのに新学期が終って、夏休みが始まったというのに、私はまだ決心がつかずにいる。

「岡部さん、野菜を切るの大変でしょ。私、手伝いましょうか」

香奈ちゃんのママがエプロンを片手にやってきたけれど、私は慌てて断ってしまった。

「こっちは大丈夫。それより水がちょっと足りないみたいなの。ゆいちゃんのママと水を汲みにいってもらえないかしら」

オーケーという合図にゆいちゃんのママが遠くから車のキーを振って見せた。二人とも大きなポリタンクを手に車の方へダッシュしていく。その足どりの早さと軽さ。それすら私には腹立たしい。二人とも私より十歳以上若いのだ。

もう若くなくなってから子供なんて生むもんじゃない。いつもの苦い悔いが胸の中に広がっていく。出産も育児も疲れるけれど、若い母親とつき合うことはもっと疲れる。まな板いっぱいになったジャガイモを鍋の中に落としながら、ついため息が漏れる。

夫は子供を欲しがらなかった。どうしても生みたいと言い張ったのは私だ。子供という未知の存在が私達の関係に何か確実なものをつけたす気がした。そう。私は夫との間にどうしても確実なものがひとつ欲しかった。

私はそれに縋《すが》っていたのだ。ジャガイモの芽を包丁でくり貫きながら思う。今更こんな確認をしたところで、どうなるものでもない。美保は生まれてしまったのだし、もう六年も生きているのだし、夫は私から離れていった。今年になってから、たった三日しか家に帰っていない。

私はジャガイモを切り終って、ニンジンにとりかかる。こんなにたくさんのニンジンを本当に子供が食べると思っているのだろうか。

少なくとも美保はどんなになだめてもすかしても、このカレーを食べないだろう。決して食べないくせに、当人はそのことにひどく傷つくのだ。まったくあの子は触れるだけで傷む桃みたいにナイーブで、それでいてたった六歳のくせに老人のように頑固なのだ。物心つく頃から確執の目立つ両親に育てられて、きっと周囲の感情に過敏になってしまったに違いない。

みんな私のせいだ。好きでもない男に固執して、許せないくせにいつまでもしがみついている。優柔不断で、強情で、不甲斐ない私のせい。

ニンジンは切っても切っても減っていかない。川原でパーティーなんて、もともと私は参加したくなかったのだ。水や火の準備までして、なぜこんな不便で不衛生な場所でカレーを食べなければならないのか、私にはどうしてもわからない。それも二十人もの大勢で。だいいちそんなことの、どこが楽しいのか、意義があるのか、子供達のいい思い出になるのか、私にはちっとも理解出来ない。

私にはまったくわからない。小学生の子供を持った若い母親の考えることが、全然理解出来ない。そして、こうしたささいな齟齬《そご》が重なって、「私は母親に適さないのではないか」という深刻な劣等感ばかりが育っていく。

「お母さん、はい、タマネギ」

気がつくと小さな身体をしならせて、美保が重そうな袋を提げて立っていた。

「かっちゃんのママが、持っていってって」

かっちゃんのママはキュロットスカートの裾をまくし上げて、子供達と川で遊んでいる。魚の腹のような白いふくら脛に光が当たっている。どこもかしこも眩しい。ここからだと、水量の少ない川は平べったい鏡のように見える。川原も子供達もみんな白い。真っ白。私の目にいつのまにか涙がにじむ。

「ありがと。袋を置いたら、あっちでみんなと遊んでいなさい」

子供が触れるくらい側に来るだけで涙が出る。そんな最低の状態がもう二カ月も続いている。

「ううん。いいの。あたし、川嫌い。水も嫌い、濡れるから」

「何言ってるの。川原のパーティーにどうしてもいきたいって美保が言うから、お母さん、無理して休みとったんだよ」

上司や同僚に頭を下げて。貴重な有給休暇を、カレーの下ごしらえなんかで潰して。

「だって、お母さん。一日中川の側にいられたらいいなあって、言ったじゃない」

美保は私が言った言葉を異常なほどよく記憶している。でも子供だから、いつどんな状況で言われたかということまで忖度《そんたく》出来ない。そしてある日、とんでもない頃になって、

「だって、お母さんはこう言ったじゃない」

と言って、私を追い詰める。

「お母さんはお父さんを絶対許さないって。だから別れてやらないって」

小学校の入学式の日、三カ月ぶりに帰ってきた夫に美保が突然言った時は本当に驚いた。子供の前でそんな過激なことを口走ったのは、もうずいぶん以前、夫との軋轢が深刻になり始めた、美保が幼稚園に入ったばかりのことなのだから。

夫はさっと顔色を変えると、振り向きざま私を平手で叩いた。美保はわっと泣き出し、私は

怒りで身体が震えた。

あの日のことを思い出すだけで、まだタマネギを切る手が震える。

今度だって、よけいなことを言うと美保を叱ることは出来ない。確かに私は言ったのだ。一度実家に帰ろうと決めた時、

「お母さんは川が好きよ。川原でずっと美保と遊べたらいいねえ」と。

私は大きな川と川の間にある町で育った。そして当時はまだ川のほとりの家に「いつでも帰っておいで」と言ってくれる母がいた。

川は母だった。そう思った途端、また私の目に涙がにじんだ。

「ここから見ると、水、まっしろだね」

美保は私の側に立ったまま、一重瞼の、子供にしてはちょっと長すぎる目をぱちぱちしばたたかせて言う。そんなふうに見ると、私の目のまわりや頬に、だらしなく流れている水もやはり真っ白に見えるのかもしれない。

「石の上にいると暑いよ。どっか日陰にいっていなさい」

私がきつい声で言うと、美保はつまらなさそうに川岸の木陰の方に、こっちを振り返りながら遠ざかっていく。最近あの子はいつもああやって私を見ている。私の姿が自分の視界の外に出ないように気を配っている。自殺の可能性がある失恋した娘を、母親が始終気をつけている

みたいに。

私はさっと首を振り、野菜を切ることに集中しようとする。タマネギは皮を剥いて、四つ切りにするだけで、どんどん鍋に入れていく。緑がかった表皮もそのまま、薄黄色の臭そうな芯も取り除かない。勿論、ルー作りにかかせないタマネギのみじん切りなんかしない。この後はスーパーマーケットで安売りしていた肉とインスタントカレーを溶かして煮込むだけ。野菜ばかりごろごろした水っぽい味のカレーになるだろう。こんな川原で、紙の皿に盛ったカレーライスなんて、どんなに不味くたってかまわない。

やけくそのように、ちょっと自虐的になって、何となく無惨なものを作っている気になって、私はタマネギを切り続ける。

「いつまで野菜を切り続けるんだろうって、ずっと見てたのよ。ほんとにすごい量ね。動物園の餌みたい」

日傘の下で笑っている顔を見ても誰なのかはわからない。小学生のいる母親にしては少し老けすぎているように見えた。

それでなくても、長い間手元ばかり見つめていた目を急に上げると、頭がぼーっとして何も考えられない。暑さはそれほどでもないのに、見るたびに川原は明るさを増して、どんどん眩しくなっていく気がする。まるで金属の川にアルミの岸辺を見ているようだ。

「何にも見えないでしょ。くらくらして。私も最初はそうだった。川原がこんなに眩しい所だって、ここに来るまで忘れてたの」

女の人は日傘を回しながら親しそうに話し続ける。光が当たって、表情まで見ることは出来ない。ゆっくり回る日傘の下に明るい色の毛糸玉に似た顔があって、そこから糸がほつれてくるように声が漏れてくる。

「ほら、見て。向こう岸に草が寝てるとこがあるでしょ。梅雨時の長雨で水があそこまで増水したのよ」

言われるまま向こう岸に視線をやると、水が一筋の光の束のように目をよぎった。よぎったと思った途端、目眩に襲われて私は思わず包丁を置いて、うずくまった。

「あら、立ち眩み。こんな炎天下でずっと仕事してたら、誰だって貧血をおこしちゃう。少し、ここで休んだら」

女の人は日傘に結んでいたハンカチを広げると足元の平べったい石の上に敷いてくれる。

言われるまま腰掛けて休み、やっと人心地ついたので、そっと美保のいる方を見た。娘は何も気づかず、近くにいる友達とお喋りをしている。かたわらにある柳の木に風が吹き、ちぎれた裾のような葉がさらりさらりと美保の小さな身体を隠したり、出したりする。遠くから見つめるだけで、私の目に熱いものが盛り上がってくる。

「あの子、あなたの娘さん。あんまり似てないみたいだけど」

日傘ごと身体を曲げて、女の人もじっと美保のいる方を見ている。

「一緒にいればわかるんでしょうけど、こうやって川原でみんなばらばらになってると、どの子の親なのか、子供なのか、ちっともわからない。みんなごちゃごちゃになっちゃって。ふふっ。まるでトランプの神経衰弱みたいね」

女の人は楽しくてたまらないように言うと、私の横にスカートの裾を敷いて座った。

「まだ、川原には石がいっぱいあるのね。町じゃあ最近はアスファルトとコンクリートばかりだから、拾いたくたって小石ひとつないんだもの」

女の人は足元にある石をいくつか拾うと、川原に向かって投げた。ノースリーブのブラウスから突き出た腕には柔らかそうな肉がたっぷりついていて、石を放るたびに二の腕のところでぷるんと揺れる。石が石にぶつかる乾いた音がする。すぐにまた白い腕がぷるんと揺れる。

「あなたもやってみない。楽しいわよ。やめられなくなっちゃうから」

女の人は手の中にある胡桃くらいの石を選んで私によこした。

押しつけられた石をぎゅっと握ると、私の中に長い間充満し、捌け口を求めていた怒りが熱い渦となって湧き上がってきた。

夫もその愛人も私から離婚を言い出すのを待っているのだ。子供を押しつけるだけでなく、慰謝料の負担をどうにか逃れようとして。彼らはとても忍耐強い。夫は私より四歳若く、相手の女はそれよりも更に七歳若い。彼らはどんなに待ってもかまわないのだ。

私は渡された石を投げた。石は遠くへは飛ばず、叩きつけられたようにすぐ近くに落ちた。またひとつ、ジャガイモほどの石を拾って投げた。今度は川の中までそれは届いて、水に当たるかすかな音がした。

私の中に息苦しいほど詰まっていた怒りや憎悪が減っていくのがわかった。石を投げるたびに、投げた石くらいの隙間が胸に出来て、吐く息も吸う息も軽くなっていく。

投げ始めるととめどなかった。次第に力も加速もついて、石は霰《あられ》のように音をたてて飛んだ。こんなふうに容赦なく、ありったけの力で撃退できたらどんなに気持がすっきりするだろう。おまえたちの望み通りになってたまるか。私には私の、どうしても守らなければならないものがあるのだ。

逃げようとする彼らの背中に当たり、足元をすくい、振り返った顔に命中して、額が割れ、「もう、やめて」と懇願するまで、鋭い石を、硬いつぶてを投げ続け、痛めつけてやりたい。

気がつくと、女の人が私の心の中を見透かしたようにじっとこっちを見ていた。

「ねっ、いい気持でしょ。ほんとに川原って楽しいわねぇ」

その声ではっと我に帰り、顔を上げて周囲を見渡した。いつの間にか目も明るさに慣れ、初めて川原全体をゆっくり眺めることが出来た。砕かれた鏡のように水は光り、その光を横切って子供達が走りまわっている。あちこちで歓声があがり、濡れた手足が捕らえられた魚のように勢いよく飛沫をまき散らす。

また風がやってきて、柳の木の下で美保が手を振っているのが見えた。私は午後の熱くなった石の上に心持ち両足を広げて立って、大きく手を振り返した。


カレーは案に相違して、驚くほど美味しかった。いっぺんにたくさんの野菜を煮込むだけで、思いがけないこくとうまみが出たのかもしれない。

美保までおかわりしたのには驚いた。私の分のご飯をスプーンですくってあげると、恥ずかしそうに笑った。私は娘と並んでカレーを食べても、もう涙が出て困るようなことはなかった。その代わりに、カレーを食べながらも、みんなとお喋りをしながらもしょっちゅう川を見た。するとそのつど胸の隙間の細い管を、風のような、水のような、音楽のようなものが通り抜けるのだった。

カレーの後に西瓜というお定まりのコースの後、子供達は待ちきれずに暮れ始めた岸辺で花火を始めた。

「ほら、きれいだよ、見て見て」

子供の一人が火のついた鼠花火をもって川岸を走ると、雪の結晶に似た火花が川岸を金色の縁飾りのように彩った。

「川原だと一日が、あっという間に過ぎるのね」

「そろそろ焚火を消して帰る支度をしないと。ちっちゃい子が眠っちゃうと困るから」

ゆいちゃんのママが名残り惜しそうに焚火に水をかけると、夕闇が巨人のように私達の周りに立ちはだかった。

夜の川は幼い者達をおびえさせるのだろうか。また一人また一人と子供達が帰ってきて、今までのはしゃぎはどこへやら、心細そうに大人達にまとわりついた。

「あら、美保は一緒じゃなかったの」

眠そうに目をこすっている香奈ちゃんに聞いた。

「ううん。美保ちゃんはゆいちゃんと一緒」

私は二人を迎えにいくために川上に向かって歩き出した。私のいる場所から離れたことのない美保がさほど遠くにいくとは思えなかった。きっとゆいちゃんと何かの遊びに夢中になって、つい遠くまでいってしまったに違いない。川原の黄昏がこんなに急に夜になるのを知らないから、二人は心細い思いをしているだろう。

「美保、ゆいちゃん。どこにいるの」

だんだん心配になって、絶え間なく二人の名前を呼びながら歩いた。もしかしたら下流の方にいるのかもしれない。それともとっくに集合場所に戻って、私を待っているのかもしれない。引き返そうか迷っていると、前からやってきた影に急に呼ばれた。

「美保ちゃんのおばさん」

小さな影はすぐに見慣れたゆいちゃんの姿に変わった。

「ゆいちゃんなの。おばさん、二人を捜しにきたのよ。美保は」

「美保ちゃんと石を探しているうちに遠くまでいっちゃって。いつの間にか、夜だったの」

涙ぐんでいる少女を問い詰めたりしないように気をつかいながら、私はもう一度聞いた。

「それで、美保はどこにいるの。ずっと一緒だったんでしょ」

うん、と大きなこっくりをした途端、ゆいちゃんは私のTシャツの裾を摑んでしくしく泣き出した。

「知らないおばさんと、一緒にいっちゃったの。すぐ戻ってくるって」

「いつ頃のこと。もうずっと前。暗くなってから」

「ううん。まだ暗くなかった。そのおばさん、白い日傘をさしてたから」

ゆいちゃんを抱えるようにして歩きながら、私は美保が川で溺れる気づかいのなくなった安堵とは反対に、わけのわからない胸騒ぎが胸に込み上げてくるのを抑えていた。

「みんなのとこへ帰ろうね。美保ももしかしたら戻ってるかもしれないし」

泣きやんだゆいちゃんはポケットの中から小さな石を取り出して私に差し出した。

「これ、美保ちゃんの石。二人で拾ったの。ちょっと持っててって。いっちゃったの」

手渡された石はどれも驚くほど滑らかで、ほのかに暖かかった。

「お母さんと分けるんだって言ってた」

やっぱり美保は川岸から私が石を夢中で投げるのを見ていたのだ。あの子は多分「お母さんが川原が好きなのは、石投げをしたかったからなのだ」と思い込んだのだろう。それとも妙に勘の鋭いあの子は、私が石を投げる様子を見て、石に込められた憎しみや怒りを何となく察知したのだろうか。

「あっ、お母さんだ」

たった六歳の娘に、父親やその愛人に向かって投げつける石を拾わせるなんて。私はゆいちゃんと寄り添って歩きながら、目に浮かんでくる熱いものを石を握ったままの手で幾度もぬぐった。

ゆいちゃんのママが弟の正太君を抱いて近づいてきた。

「美保は帰ってきたかしら」

ゆいちゃんの後から走り寄って、聞いた。

「ううん。まだ。川下で遊んでた子にも聞いたんだけど。見かけなかったみたいなの」

焚火をしていた場所に何人か残っているから帰ってきたら知らせると、ゆいちゃんのママが約束してくれたので、私はもう少し川上まで捜してみることにした。

「でも顔見知りと一緒なら事故とか、誘拐の心配はないから大丈夫よ」

ゆいちゃんのママは慰めてくれたけれど、顔見知りといっても、私はあの人のことをほとんど何も知らないのだ。ひらひらするワンピースと日傘。石を投げるたびにぷるんと揺れる二の腕。毛糸玉のような曖昧な顔からほつれてくるまのびした声。他には何も思い出せない。

「美保、美保」

片手に滑らかな石をお守りのように握って、娘の名前を呼びながら歩いた。森に捨てられたヘンゼルとグレーテルは、光る石をポケットに詰めて、目印に落としながら、一度は家に帰ることが出来たけれど、娘は今、その光る石さえ持っていないのだ。

川岸から土手に、土手から川岸に、暗闇の中に少しの濃淡でも見つけると近づき、振り向いたり、立ち止まったりしてどのくらい歩いただろうか。

「お母さん」

荒い息づかいとともに呼ばれた気がして、私はびくっとして立ち止まった。

すぐに汗に湿った手が腕にしがみついてきた。まるで暗闇が固まって小さな身体をこしらえたように、見慣れた娘の姿があった。よく母親には特有の匂いがあるというが、子供にも、六歳の少女にも母親だけが嗅ぎ分けることのできる特有の匂いがある。私は匂いの塊をかき集めるように美保を抱き締めた。

「いったい、どうしたの。どこに行ってたの」

汗で湿っている首すじをハンカチで拭いてやりながら、少しきつい声になって聞いた。

「橋の上」

美保は空の方にぐっと腕を伸ばして答えた。

「おばさんとずっと橋の上にいたの。お母さんが見えたから、走ってきたの。橋からだとすぐ近くに見えたのに、ぐるっと川原をまわってきたらすごく遠かった」

「それで、おばさんはどうしたの」

「知らない」

首を振った美保の手を引いて、私は集合場所には戻らず、橋の方に向かって歩き出した。怒ったり非難したりするつもりはなかったけれど、幼い娘を無断で連れ出して、どうしてこんな遅くなるまで一緒にいたのかだけは問い正すべきだと思った。

「何で知らない人と一緒にいったりしたの」

「おばさんが、橋の上からだと川原がずっと遠くまで見えるって、言ったから。それに、あの人はお母さんの友達でしょ」

友達どころか、今日初めて川原で会った人だと、つい言いそびれてしまった。自分が夢中で石を投げているのを「みんな知ってるわよ」というように、彼女が笑って見ていたのをふいに思い出したのだ。

川原に遊びに来ていた親子連れは他にもたくさんいる。その中で彼女が私だけに話しかけてきたのも、たくさんいる子供の中で美保だけに狙いを定めて近づいたのも、何か理由があるような気がしてならなかった。

「ほら、お母さん。この橋」

寝そべっている塔のような橋のシルエットを、両側に灯された明かりが黒ぐろと浮かび上がらせている。

「あんな所までいったの」

その高さと遠さに、勢いづいていた心が萎えて、私は呆れたように娘に聞いた。

「うん。すっごく高いの。だから川原がずっと遠くまで見えた。亜紀ちゃんが自転車に乗ってるのもみんな、見えた」

ライトをつけた車が通り過ぎるたびに橋の上を見上げて、調べるように見たけれど、人影らしいものは見えなかった。

「もう帰っちゃったみたいね」

諦め顔で言うと、美保は強く首を振った。

「ううん。きっとまだ川原にいるよ。だって、暗くなったからもう帰るって言ったら、ダメって、おばさんは急に怖い顔になって、私の手をぎゅっとひっぱったんだもの。すごく痛かった」

わき腹を刃物で撫でられたようにぞっとした。川原で見ると、何組もの親子がばらばらになってトランプの神経衰弱みたいだと言った女の、満足そうな笑顔が目に浮かんだ。

「おばさんもお母さんみたいに川原に住みたいのって聞いたら、そうじゃないって。ただ川原って、一緒に帰ってくれる人がいないと、帰れなくなるんだって。ほんと、お母さん」

私は返事をせずに、ただ娘の手を強く握り直した。

「あっ、あれ、何かな」

橋のほとんど真下に、白いひらひらするものが落ちていた。それは川岸に突き刺さって、風が吹くたびに息をするようにかすかに動いている。

「おばさんの日傘だ」

駆け寄ろうとした美保の腕をぐっと引いた。一人で近寄ってもらいたくなかった。夜の黒い水に浸され、半分濡れているだろう日傘の陰に何か恐ろしいものが隠されているような気がしてならなかった。

「おばさん、どうして日傘、落としちゃったのかなあ」

あの人はきっと橋の上からすべてを見ていたに違いない。私が娘を捜し続けていることも、つながれていた手をふり解いて駆け出した美保が、私に抱き締められるところも、みんな。

これで川原に残っていた最後の親子も帰っていく。神経衰弱のカードはみんなペアになって、もう川原には誰も残っていない。そう思った時、あの人は日傘を落とさずにはいられなかったのだ。捕らえ損なった獲物を最後に生け捕るように。霞網でもうつみたいに。あるいは自分自身があの橋の上から身を投げるように。

「お母さん、私がいて、よかった」

美保は私が長い間無言でいると、必ずする質問を耳元でささやいた。私は娘の肩を包むように抱きながら、孵化することのない大きな蛹のような日傘をもう一度、じっと見た。

鵙《もず》日和

いつものように朝の六時に目が覚める。覚めた途端、正確には覚める直前に「今朝はどっちだろう」と考える。一人住まいの自分の古い家か、半年前から一ヶ月のほぼ半分をすごすショートステイ先の『花野』だろうか。

「はなの」と口に出して言って、初めて目を開ける。

「当たり」とひとり返事をしてから、窓の方を見る。

夕べから今朝までトイレに起きたのは、三回。十一時半と真夜中の三時ちょっと前。それから明け方の四時二十分。枕元にある時計は孫の美奈が持ってきてくれたのだ。これはほんとに重宝。『花野』は一晩中部屋の電気をほんのりつけたままにしてくれるけれど、寝惚けている時は壁の時計がどこにあったのかすぐには思い出せない。

生命保険会社がおまけに配ったのだという目覚まし時計には、まんなかにミッキーマウスの絵が描いてある。真夜中に見ると緑色の蛍光色の文字が、うっすらと入るカーテン越しの朝陽で今は橙色に変わっている。六時十七分。もうちょっとすると、早番の看護士さんが血圧を測りにくるだろう。

ずっと何十年も六時に起きて、仏壇に朝茶を供えてからラジオ体操をするのが日課だった。もう腹筋や腕のぶらぶらも、首回しさえ上手に出来ないけれど、体は長い間の習性でずーっと六時には一度目が覚める。体ではなく、覚えているのは脳なのだろうか。わからない。歳をとるとどっちなのかわからないことが多い。体なのか、脳なのか。こんがらかった綾取りの糸のように容易には区別がつかない。

「おはようございます。根岸さん、血圧とお熱を測らせて下さい」

今日の早番は一番ここで若い久美ちゃんだった。朝一番に聞く人間の声はやっぱり若い方がいい。久美ちゃんは元気が良すぎて、血圧計を絞り過ぎるのが玉に瑕だけれど。

「はい。異常なし。血圧良好。脈拍正常。体温は平熱。至って健康な八十三歳の根岸玉枝さん。今日も一日頑張りましょう」

「はいはい。よろしくお願いしますよ」

笑いを堪えて年寄り臭い挨拶をかえす。

久美ちゃんは跳ね返ってくるような勢いでカーテンを開け、室内の電気を消す。

「いいお天気。今年はあったかいね。せっかくダウンコート買ったのに」

お湯の入った小さな魔法瓶をことんと置くと、年寄りが返事を思いつく頃にはもう次の部屋のドアをノックしている。

『花野』は町を見下ろす高台にある大きな病院の同じ敷地内にある。

病院はずっと昔は結核の療養所だった。病棟は丘の傾斜に沿って建っていたけれど、一番下の医療施設は一般患者も通っていたから、結核療養所とは細長い天井のある廊下で結ばれていた。丘の斜面を蔽っているように見える長いガラス張りの廊下の先、丘のてっぺんには焼き場があった。

「療養所でどんどん見晴らしのいい部屋に移されるということは、じきに死ぬってことだ。焼き場の近く、天国の近くってことだな」

疎開先のこの町に私が居ついた当初、町の人が話しているのを聞いたことがある。

長女のマキが中学校に入ってまもなく病院はすべて取り壊され、丘は明るいなだらかな丘陵となった。

私が子供らの教育費を賄うために、給食センターで働きだしてから、年に一回の健康診断にくると、古い療養所のあった場所には、白いビルの立派な病院が建っていた。

あれからもう数十年経つ。給食センターで定年まで働いたおかげで、退職金も貰えたし、子供二人は無事成長して独立することが出来た。まさかこの病院に併設された施設が、築五十年の自宅と往復する二つ目の住処になるなんて、思ってもみなかった。

食堂に下りていくと、もう車椅子の人も大方集まっていて、朝食の準備が出来ていた。

平成十八年　十一月八日　水曜日　根岸玉枝さん

それぞれの定席には名前のプレートの前に大きな字で、今日の日付が入っている。認知障害の人はもとより、『花野』に入っている人はみんな今日が何日なのか、わからないことが多い。曜日はおろか、日付も年も、今が春夏秋冬のどの季節なのか自覚できない人もいるから、毎朝決まって大きなプレートを確認してから朝食を摂ることになっている。

おはようございます。平成十八年、十一月八日の根岸玉枝さん。それがまるで今日一日こっきりの名前であり、命であるように、私は箸を持ったまま自分に挨拶をする。

そうか、水曜日か。じゃあ、今日は房子先生と句会の日だ、とぶよぶよしたお麩のお化けのような味噌汁を飲み終わって気づく。

水曜日は『花野』の入所者の検査や検診のない日で、見舞い客が来ない場合は一日中自由時間なのだ。

部屋に帰って、手提げの中に孫の美奈に貰ったドロップと小さい栗饅頭、句帖とボールペンと歳時記を入れて、房子先生の居る棟に向かう。

「おはようございます」

長期滞在用の個室のドアにはガラスが嵌め込んであり、中が透けて見えるようになっている。先生の小さな背中がまっすぐ窓を向いている。窓から見えるのはもう大分葉を落とした桜の木と、遠くの山。箱庭みたいに小さな盆地の町だ。

「先生。今日は句会できますか」

ドアを半開きにして聞くと、振り向いて先生がにっこり頷く。とても八十歳には見えない若々しい表情。私も思いっきり自分が笑顔になるのがわかる。

「今年はいつまでも暖かくて。まして今日は飛び切りの上天気。思い切って、吟行しようか、玉枝さん」

立てかけてある杖をとりながら先生が言うので、余計嬉しくなる。先生用の膝掛けと手提げを持って、私たちは意気揚々と、傍から見たらよたよたと部屋を出る。

吟行先は病院と『花野』の間にある中庭だ。丘陵を利用して高台になっている場所には藤棚と亭がある。側には自動販売機もある。

「やれやれ、まことに遠い吟行だこと」

二十分もかけて、目的地の椅子に腰掛けると先生がわざと気取った声で言う。私は自動販売機でお茶の缶を二つ買う。

「今日の句会、晴子さんは来られますかね」

房子先生が公民館で俳句を教えるようになってから、三十数年。晴子さんは私より古参で、先生の一番弟子なのだ。

「ううん。五日前に手術だったから、まだ当分は無理みたい。でも出句だけは預かってきた。あの人、相変わらず律儀だから」

とても晩秋とは思えない中庭の景色である。花壇にはサルビアと日日草が咲いていて、あちこちで草の穂が透き通っている。萩は散ったけれど、山茶花はまだ咲いていない。黄葉の始まったばかりの木には烏瓜の赤が宝石のように垂れ下がっている。薄原と燃え残ったような泡立草が目立つ野を、私たちはしばらく季語を探り、季感を問うように黙って眺めた。

手術前冬菜の寝床見て帰る　晴子
坂道で秋のしっぽを踏んでいる　玉枝

先生が褒めたのはこの二つの句だった。もう一句、先生は私の「穂薄や風の住処に風帰る」もいいけれど、薄と風が少しつき過ぎかもしれないという意見だった。

照柿や野の心臓の息遣い
短日やドロップ五つ分けられて

私は先生の句でこの二つが好きだと言った。先生の句は男の人のような大きな景の中にも女らしい艶が加わっているものと、無邪気で伸び伸びしたところがあっていつも感心させられる。夫も子供もいない先生が、なぜこんなに身近に生き生きと男の人や子供を詠めるのか不思議でしょうがない。

「人間は失くしたものや、持てなかったものに惹かれ続けるから、想像力が鍛えられるのかもしれないわね」と先生は言う。

房子先生はこの町の素封家の娘として育って、東京で結婚したけれど、夫を置いて実家に帰ってきてしまった。再婚もしなかったし、子供も産まなかった。

「ほら、玉枝さん、カステラ」

先生の指差す方を見ると、たった一両の焦茶色の車輛がのんびりと盆地の町を迂回して過ぎるのが見える。

「あーあ。行っちゃった。カステラ句会も、とうとう私たち二人だけになっちゃったわね」

最初の句会の際、先生が到来の文明堂のカステラを入会者の分だけ七等分して配った。それがきっかけで、誰が言うともなく「カステラ句会」というようになった。しかし由来は実はそれだけではなく、盆地の町を一時間に一度通る焦茶色の車輛をカステラに見立てたのだということを知っている人も、もう私たちだけになってしまった。

「そうですね。私たちは恥知らずと意気地なしの最強コンビですから」

先生は私を振り返って、三十数年前とそっくりの笑顔を向けた。


昼があんなに暖かった分、夜になったら急に冷え込んで、夕食を摂ってから自室に戻るとうっすらと暖房が入っていた。

これから半年、ますます長くなる夜が待っているのだと思うとさすがに心細くなる。

冷えていた手足をさすりながら一旦ベッドへ入って目を瞑ると、遠くで電車の音がする。最終電車までまだ後四本ある。十年近く、そんなふうに電車をひたすら待っていた夜々があった。

疎開先の小さな町に居ついて、小さな家を構え、子供も二人授かりながら、夫はだんだん家に帰ってこなくなっていた。帰ってくるたびに職も変わっていた。五日間家に居て、ふいに出ていって半月帰らない。電話もないし手紙もない。ただひたすら、電車を待つしかなかった。

見知らぬ男が「金を貸した」とか、「騙されたから、詐欺で訴えてやる」とか言って、家に訪ねてくることもあった。一ヶ月音信がなくて、突然持ちきれないほどのみやげを携えて帰ることもあった。問い詰めても、泣いても、懇願しても、怒って泣き喚いても、しんみり縋っても、その場限りの約束と詫びを言うばかりで埒があかない。それでも、時々はまとまった金を調達してくるので、生活はかつかつでもどうにか成り立っていた。

疑心暗鬼と不安が凝って、暗い目をしていたに違いない。思い詰めた表情を見咎められて、息子に「おかあさん、死なないで」と突然言われたこともある。

二人の子供の賑やかさにまぎれている昼はまだいいとしても、夕方になり、夜更けになってからが長く、苦しかった。待つことをやめようと決めながら、耳を澄ましている。たった一輛の電車がレールから浮くような軽さと明るさで、町を過ぎていくシーンばかりが頭を占領してしまう。八時十分、九時十分。十時五分。十時五十五分。それが下り電車の最終時刻だった。ただ待っている生活にだんだん我慢ができなくなっていた。「俺、働くから、あんな奴、帰ってこなくてもいい」と怒る長男への気兼ねもあった。給食センターで働き出して、少し気持に余裕が出来た頃、同僚に房子先生の俳句教室に誘われた。

さんざ待って、自らも夫も責めた。埒もないことを繰り返し思い出し、自分を励まし続けることに疲れきっていた。もう金輪際待ちたくなかった。子供が眠ってから、最終の電車が行き過ぎるまでの時間、和裁の内職をしながら耳を塞ぐように、五、七、五と指を折って俳句を作った。

成長した長男が、東京の地下街で偶然夫と会ったのは、それから数年後だった。

「今ならまだ許す。すぐ俺と帰って、お母さんに謝ってくれ。それが出来ないなら、二度と帰ってきてもらいたくない」

息子は老いた父親に諄々と説いたのだという。

「申し訳ない。帰る気はないし、今帰っても、逆に迷惑をかけるだけだ」
夫の返事を息子から聞いて半年後、私は役場に行って離婚の手続きをした。

房子先生とカステラ電車を見たその夜、久しぶりにやけにくっきりとした夢を見た。穂薄ではない、もっと青々とした草原を私は抜き手を切って進んでいた。海のある町で育って、北関東の川しかない町に疎開してからも、ずっと海が恋しかったから、そんなふうに草の海を泳ぐ真似をすることがよくあった。途中で溺れるふりをして泣いたら、息子が袖を引いて「おかあさん、死なないで」と私に縋りついた。

野分船どこへ行こうと草の波

朝方、目が覚めてすぐに、強張って動かない手をマッサージしてから、手帳に震える文字で夢の中で作った俳句を書いておいた。

平成十八年　十一月九日　木曜日　根岸玉枝さん
今日は朝食の前のプレートを見ても、平成十八年　十一月九日　木曜日の根岸玉枝を全部取り戻すことがなかなか出来なかった。夫をずっと待っていた三十五歳の妻と、離婚して正確には根岸玉枝ではなくなった四十五歳の女が、まだ私のまわりでうろうろしている気がした。
里芋の煮っころがしも、ほうれん草の味噌汁も味がしなかった。早々に箸を置いて、もっと頭をすっきりさせるために中庭まで散歩しようと歩き出すと、一台の車椅子がすっと近づいてきて、太った女に突然袖を摑まれた。

「ねぎし、たまえ。あんたはあの大法螺吹きのヤスオのおかみさんだろ」

太った女の空いた歯並びに見覚えがあった。耳触りなかすれ声にも。腕に食い込む肉の盛り上がった手にも、いやがおうにも思い出を鷲摑みにする力があった。

「痛いっ。あんた、だれなん」

ふりほどく私に、逃げ道を塞ぐような形でたくみに車輪を動かしたから、相手は多分車椅子生活が長いのだろう。

「しらばっくれたって、ダメだよ。今さっき、あんたの前の名札、確かに見たもの。あたし、アキノ。稲荷町にあった、おでん屋の、アキノだよ。忘れるはずがないだろ」

私は思い出すふりをして、かすんだ目で女をもう一度しげしげと見た。三十数年経っても、見忘れるはずがなかった。稲荷町はとっくに合併されたけれど、この町の隣のちょっと大きい町で、女はそこで夫と深い仲になった。羽振りのいい店だったというから余裕もあったに違いない。当時小豆相場に手をだしていた夫に金を貸したと、怒鳴り込んできたのだ。

「男と女のことだから、別に疚しいとは思っちゃいない。ただ貸し借りだけは別じゃないか。女一人で体張って稼いだ金をちょろまかされたんじゃ、ほおっちゃあおけないよ」

ちょろまかした金を返す当てがないどころか、和裁の手間賃で細々と食い繋いでいた妻子には、その金のほんの一部も流れ込んでいないのだった。

顛末は幸か不幸か覚えていない。裸電球の下で歯の空いた女が切った啖呵だけは忘れようにも忘れられない。

「借りた本人が帰ってなくても、夫婦は夫婦だ。しらばっくれるんじゃないよ」

脅える子供を庇った腕を掴まれて引きずられた感触が、妙に生々しく記憶にある。とは言っても声と言葉と、感触。そんな昔の切れっぱしなんか、みんな忘れたことにするのは八十三歳の老婆になれば、それほど難しい芸当じゃあない。

「あんた、ボケてるんじゃないの。同じ名前なんか、いっぱいあるんだから」

車椅子を体中で押すようにすると、階段に向かった。たった一台のエレベーターで追いかけてくることは、女がどれほど車椅子の操縦に長けていても出来ないことはわかっていた。

部屋に帰ってからも、胸がどきどきして苦しかった。脈拍も血圧もきっとぐんと上がっていたに違いない。

根岸玉枝という名前はそこらにごろごろある名前ではない。女は私がしらを切ったことはお見通しだろう。一度は運良くかわしたものの、今にも車椅子の音が近づいてくるような気がして、私は慌てて靴を履き替えた。

息を整えながら、慎重に裏階段を下りた。別れて四半世紀も経ってから、夫の後始末なんかさせられてたまるものか。不在と離別は全く違う。離婚と行方不明もまったく違う。とはいってもそれは全部こっちだけの言い分だ。籍を抜いてからも、夫の噂や消息と全く無関係であったわけではない。所帯をもっていた小さな町の、かつて待ち続けた同じ家で、暮らし続けることの自由なぞたかが知れている。

長い間こじれにこじれて、憎んだ末に離縁してからも、出奔した夫や老いた父親を再び迎える家族はたくさんある。ありふれた田舎町だけでなく、この国のどこもが貧しかった頃は、姿を消す人や、いつのまにか帰ってこなくなる男は至る所にいた。日本中をそんな男達が漂浪しているのが珍しくない時代だったのだ。

『花野』のどこかの窓から車椅子に乗った女が見ているような気がして、つい俯いて早足になる。

昨日房子先生と二人で句会をした藤棚の側まで来て、やっと息をついだ。

正直怖かった。あの女は『花野』にずっと居続けるのだろうか。それともたまたまショートステイに来ていただけだろうか。

ショートと長期入所者を混ぜると、二百人以上の利用者がいるのだと、いつか看護士の久美ちゃんが教えてくれた。認知障害で入院している老人も、房子先生のように通院がしにくい事情で長く滞在している人もいる。身寄りのない独り暮らしや、私のように家もあり、家族がいても高齢と軽い持病のたびに、定期的にショートで滞在する老人もいる。あの女には家族がいるのだろうか。あの太りようと車椅子に乗っていることからして、糖尿病ということもある。

『花野』に厄介になった時から、こんな事態もあろうかと怖れないでもなかった。

夫は私の知らない所に知己があったし、転々と職を変えるたびに義理を欠いたり、不始末を繰り返す癖に、人の出入りは絶えなかった。口数が多いわけではないのに、頼りにされると妙に親身になるところがあって、女にも好かれた。

「あのう。お名前も思い出せないのに、失礼かと思いますが。どこかでお会いしたことがなかったでしょうか」

白髪を薄紫色に染めた老婆に声をかけられたのは二度目のショートステイの時だった。

「旦那様と昔、親しくさせていただいておりました」

自分の名前もすぐには出てこないのか、懐かしそうに私を長いこと見つめていた。

「俺のこと、覚えてるか。ほら、あんたは奴のおかみさんだろ」

禿げ頭の老人が馴れ馴れしく近づいてきたこともある。

誰も彼も、切れ切れの記憶や、かすれかかった斑な思い出ばかりしかもっていない。証拠もなく、出自も朧で、年月すら欠けている。相手の名前はおろか、自分の名前さえとっさには名乗れない覚束なさ。そんな老人同士の邂逅など、恐れるに当たらないと、『花野』に来るようになってじきに懸念は去った。

みな力の入らない関節の指で、うっすら握っている自我である。「おばさん」と呼ばれれば振り返り、「久しぶりねえ」と近づいて来られれば曖昧に会釈する。「鈴木さん」と誰かが大声を出せば、返事をする年寄りが四、五人はいる。私のことを必ず、「あたしだよ。松子さん」と手を握ってくる老婆もいる。どんな名前で、誰が呼ぼうと、自分がそっと握っている「私」はあっけなく手から離れてしまう風船のように、すぐ見失ってしまう。

気まぐれに戻ってこなければそれっきり。翌日の朝食の席で「私の名前はどれ」と尋ねてまわる男や女が決まって二、三人はいる。

しらばっくれているのではなく、たやすく忘れて、何も覚えていない。「根岸玉枝　八十三歳」そんな名札さえ、もうほとんどかりそめのようなものではないか。

お金を持って出てこなかったから、自動販売機でお茶を買うことも出来ない。昨日より陽射しは淡く、四日前に『花野』に来た時より、日も短くなった。藤棚はますますからっぽで、冷たい風が吹いている。乾いてざわざわしている幹につかまって立ち上がると、昨日房子先生と眺めた町を改めて見た。

生憎カステラ電車は走っていない。昨日より少し窪んで見える野には刈田の跡がパッチワークのように広がって、黒い縫い針でかがるように鴉が飛び交っている。

「おばあちゃん、おかえんなさい。お弁当持ってきたよ」

車のドアが勢い良く閉まる音がしたと思ったら、孫の美奈が大股に歩いてきた。

縁側に座っている私に細長い影が射す。娘のマキも娘婿も背が低いのに、孫の美奈だけがまるで運動選手のように体格がいい。

「いらっしゃい。今日はデパート、休みなのかい」

「おばあちゃん、今のデパートは大体無休。今日は私の休み」

孫の美奈は短大を出たあと、東京のデパートで化粧品を売っている。

「ふうん。だから美奈ちゃん、お化粧してないんだ」

「そう。カレシがすっぴんの方が可愛いって」

庭にはたくさんの鳥が来ている。疎らに残った葉が風もないのに時々落ちるのは、そのせいだ。

「なんだか、おばあちゃんち、今日はうるさいね」

鳴き声がさかんに聞こえるのは庭なのに、美奈は室内を覗きこんでいる。

「なんか、いるの。テレビ?」

振り返った首筋が娘にそっくりだ。広い額もよく動く黒目がちな眼も母親譲りだ。顔の造作が平らで、額も狭く、小造りな目鼻が顔の真ん中に寄っているような私にはちっとも似ていない。マキはほとんど一緒に暮らすことのなかった父親にそっくりで、息子は私によく似た女顔をしている。

「また稲荷寿司と玉子焼き。マキはいつもの留守番定食を誂えて、相変わらず温泉に行ってるんだろ。ほんとにおまえのお母さんは暢気だねえ」

「あたしだって、お父さんだって、もうカレーと稲荷寿司には飽き飽きだよ。おばあちゃん、お母さんに説教してよ」

軽口を言いあっていると、まるで仲間に加わるようにヒヨドリが鳴く。裸になった木の梢に色々な種類の鳥が止まっては、離れていく。賑やかな鳥の木を今度は美奈も呆れたように眺めている。

「おばあちゃん、次はいつから『花野』にお泊まりなの。スケジュール聞いていかなきゃあ」

たとえ四泊五日のショートステイでも、寒くなってくると着替えの量が増える。『花野』の送迎を引き受けているマキは気がかりなのだろう。

「十二月になってからだよ」

思わずあの女に摑まれた腕をさする。娘にも息子にももうずっと父親の話をしていない。噂も、思い出も、生死の有無さえも、まったくわからないということになっている。父親似のマキがそれと知らずに祖父に似た美奈を産んだように、いつか嫁いだ美奈もまた曾祖父に似た子供を産むのだろうか。

「今日はこれから彼氏とドライブ。箱根にお泊まりだから、明日はお母さんが温泉饅頭でも持ってくると思うよ」

「お泊まりって、美奈ちゃん」

びっくりして、絶句している間に美奈の運転する車はえのころ草の穂が透き通る道に吸い込まれるように消えてしまう。

「お母さん、私ね、結婚したい男の人の条件はたったひとつ。何があっても、どんなに遅くても、必ず必ず、毎日家に帰ってくる人」

娘のマキは嫁ぐ前に宣告するように、誓うようにそう言った。子供たちには、決して待っていることを悟られないように、細心に注意して繕っていたつもりなのにと、口惜しいようなせつなさで私は唇を噛み締めた。恋人と箱根に泊まるという一人娘の恋愛をマキはどんなふうに思っているのだろう。甲斐もなく、意地もなく一人の男を待ち続けるということは、もうとっくに廃れてしまった躾のひとつにすぎないのだろうか。

『花野』にいる時のように、一日三度の食事をきちんとすることがないので「平成十八年十一月十日　根岸玉枝」というプレートは頭の中で復唱するだけで済む。朝と昼を兼ねたお稲荷さんと、玉子焼きに白菜の味噌汁の食事が済んで、ちょっと昼寝でもしようと思ったら、玄関で物音がした。

「こんにちは。玉枝さん、いるんかい」

玄関口が開いているのだから居るのは決まっているのに、わざと大声をあげて訪ないを告げるのは、この辺の男が女一人の家を訪問する時の風習である。

一度は脱いだカーディガンを慌てて羽織って出た。

「おひさしぶり。おばさん、俺、敏夫。わかるかなあ」

わかるに決まっている。敏夫の父親が夫の従兄弟だった縁で、この田舎の町に疎開をしてきた。敏夫の家はけっこうな土地持ちだったから、もともとはうちの家の地面もその縁で手に入れたのだ。

「そりゃあ、わかるよ。ほんとに久しぶり。すっかり敏夫ちゃんも、貫禄が出て」

「だって、じき学校も定年だもんな」

敏夫は中学校で社会の先生をしている。あんなにあった土地は宅地造成した後、建売にしてずいぶん儲けたという噂である。教頭や校長になったという話は聞かないが、敏夫が太り始めたのはその頃からだ。

お茶と美奈が持ってきてくれた柿を剥いて出した。今年の柿は粉が吹いて特別甘い。豊作の今年が柿の表年だとしたら、来年は不作の裏年。再来年はまた表年。柿の絵のあるトランプが翻るように、いつか私も柿の木が裏か表の年に死ぬのだろう。

「甘いなあ、おばさんちの柿。うちじゃあ、柿も栗もはずれだった。今年はおやじの七回忌だったしな」

鳥の声は小さくなったり、喧しくなったりする。お喋りの鳥と無口な鳥というのもいるのかもしれない。

「あのなあ。おばさん。今日はちょっと深刻な知らせに来たんだ」

居住まいを正して、仏間の方を見る。たるんでいた顎を心持ち引いた途端、私にはもう敏夫の言うことがわかった気がした。

「ヤスオおじさん、五日前に死んだって」

鋭い声で鳥が鳴いた。きっと鵙だろう。

「風呂敷の中身動くや鵙日和」という房子先生の句を急に思い出した。

「高崎にいたんだと。一人じゃなかったみてえで。知らせてくれる人がいた」

知らせてくれる人がいて良かったような、悪かったような。気がつくと、『花野』で女に摑まれた腕をわけもなくさすり続けていた。

「好き勝手してたわりには、長生きだったんだね。煙草はすったけど、酒はあんまり好きじゃなかったから」

傍目にはずいぶん冷静で、薄情にも聞こえる応対だったかもしれない。声も目の奥もまったく乾いたままなのに、お茶を入れ替えようと思っても、足や腰が言うことを聞かない。

「まあ、よかったよ。無事に死ねて」

身じろぎも出来ずにいると、鳥が鳴くたびに、体のどこかをほじって持っていかれるような気がする。赤い嘴で捉えて、まだ柔らかいところをさかんにつつく。

遠慮はいらない、さあ持ってっておくれ。むしったり、飲み込んだり、噛み砕いたり、好きにすればいいさ。かまやしないよ、存分に荒らすがいい。こんな年寄りの贄《もずにえ》のような身体じゃないか。

私は見えない鳥に胸を広げるようにして窓を向く。束の間、敏夫のいることも、『花野』にいる女のことも、夫に似ている娘や孫のことも、みんな忘れている。

こんなふうにからっぽになることをどんなに待っていただろう。焼き場で焼かれて煙になるみたいに、恐れながら、焦がれるように待ち侘びて。

別れた後の自由。待つ者のいないあてどなさ。頼りなさ。いなくなった後の、そのずっと後の死というからっぽ。受け入れて、納得して、はかなくなっていく。もう贄のように私はぶらさがっていなくてもいいんだ。

敏夫も黙っている。鳥の声を聞いているのかもしれない。こんなふうに年寄りの干涸びた五臓六腑が晩秋の空にばらまかれていくのを、それとなく見ているのかもしれない。

冷めたお茶を飲み干して、急に喪の席に来たような重々しさになって敏夫は自分の座っていた座布団を裏返すと、席を立った。

「知らせてくれて、ありがとう。厄介をかけたねえ」

お使いの子にやる駄賃のように、誉めてくれた柿をいくつかビニール袋に入れて持たせた。

「ごちそうさま。おばさんも体に気をつけて」

柿が三つ入ったビニール袋より嵩の減ったように見える八十三歳の老婆の体を労いつつ敏夫は帰っていった。

夢のない眠りをずいぶん眠った。唐突な訃報の後、悲しみや嘆きの代わりに、年寄りは眠りを恋うものなのかもしれない。もう実体も、風説も、出生さえも失った人に、初めて親しく添うような長い長い安らかな眠りだった。

「よく寝ているので、先に産直センターで買い物をしてきます。たまにはゆっくり早お昼を食べようね。　マキ」

決して物静かな立ち振る舞いでない娘がやってきたのさえ気づかずにいた。ガラス障子を開けると、今日も穏やかな小春日和だ。二日前『花野』から帰ってきたら、庭はまるで洪水のような落葉の波だった。

五十年近く前、この小さな庭に最初花を咲かせたのは息子が小学校で貰ってきたヒヤシンスの球根だった。

「そんな貧乏っぽい花より、そのうち庭師を呼んで、黒松や枝ぶりのいい楓を植えさせ、立派な庭にするさ。正には池を造ってやって、鯉を飼ってやるぞ」

まだ若かった夫は初めて家を持った興奮で、そんな見栄をはったきり、半年以上帰ってこなかった。翌年、裸同様の庭には息子が植えたヒヤシンスが薄青い星のような寂しい花を咲かせた。主がほとんど帰ってこない困窮の中で、庭は長い間近くの農家から分けて貰った野菜の苗が細々と植わっているだけだった。

そのうち、私が給食センターで働きだすと、あちこちの人から柿や桃や梅の苗木を貰い、日当たりのよさそうな場所にごちゃごちゃと植えるようになった。ゆすら梅、李、無花果、栗まで植えたのは、もっぱら食べ盛りの子供たちのおやつのためだった。

数年が経ち、庭の果樹が大分大きくなった頃、夫の籍を抜きにいった役場で百日紅の花を見た。長い不在は世間ではとっくに家出とか、出奔と同様にみなされていたとしても、地方の田舎町では正式に離婚というのはまだ稀なことだったから、私は後ろ暗いような疚しいような気持をどうしても拭いきれなかった。

日傘で顔を隠すように俯き、白い藻草のような百日紅の花を踏んで歩いた。まだ夏なのにもうこんなに散って、百日紅なんて名前は嘘じゃないかと思った、紅ではなく白い花だから、散るのが早いのかもしれないとも考えた。

一生待つことの出来なかった自分にふさわしい気がして、私は植木屋に「確かに白ですね」と念を押して、白い百日紅の苗木を庭に植えた。捨てられたのは私と子供なのに、家族を捨てて顧みなかったのは夫の方なのに、なぜか私の心の中には夫にも世間にも詫びたいような、悔いに似た贖罪の気持があった。白い花はお弔いの花。田舎ではもっぱらそう言われていた。

今では立派な大樹になった百日紅だけれど、数年して白とピンクの振り分けのような花が咲くようになり、年を経ずして白花は姿を消した。いつからかもう忘れるほど長く、あの時の「贖罪」の白花は先祖返りしたように、毎年ピンク色を濃くして、今では赤く鋭い色を百日とは言わないまでも、二月以上次々と吹きこぼして飽きることがない。

「寝惚けてるの。お母さん、いつからそんなに怠けものになったのよ」

買い出し姿のマキがリュックをしょって立っていた。

「小松菜でしょ。白菜と林檎。これ蜜柑の蜂蜜だって。お母さんの好きな葡萄パン。鮭のお握りと揚げたてのメンチカツも買ってきた」

どすんどすんとマキは卓袱台に買ってきたものを広げる。冷たい野菜を提げてきた手が寒そうなので、炬燵のスイッチを弱にして入れた。

「元気そうね。変わりない。血圧は高くないんでしょ。熱はどう。心臓は正常に動いているの。快眠、快便。少し運動もしないとね」

看護士の久美ちゃん顔負けの問診をしながら、あっという間に二人分の昼食の支度をしてしまう。

「いい天気よねえ。こういうの、小春日和って言うんでしょ。俳句じゃあ」

ソースをかけたメンチカツにかぶりつきながら屈託のない、いつものように少しピントのはずれたお喋りをする。

この快活と暢気さは、この人なつっこさと健啖ぶりは一体誰に似たのかしら。居るべき人がいない。いない人のことを大っぴらに口にだせない。笑い話にも、軽口にも決してしてはならない禁忌のある家族であった。

「もういいのよ。本物の時効になったから。娘が父親に似るのは当たり前だし、おじいさんに似た子を産むのも珍しい話じゃない」

粉薬を包むように丁寧に、そんな言葉を小さく畳む。畳みながら、鮭のおにぎりを食べ、小松菜の味噌汁を飲み、娘が作ってきたきんぴらを噛む。

「じゃあ、お母さん、また『花野』に行く時、送っていくから。生ごみは溜めておいていいよ。何か困ったことがあったら、電話して。家にでも携帯でもいいから」

いつだってマキの「ゆっくり」は三十分以上ではない。隣組の班長で、週に三日はパートもして、毎日プールにも通っている。小遣いと時間を遣り繰り出来ると、女友達と連れ立ってツアー旅行に出かけていく。

マキの車が行ってしまってから、美奈のお泊まりの件を問い詰めなかったことを思い出した。夫だけでなく、娘も主婦も出たり入ったり忙しくしながら、何となく繋がって、形を変え、色を変え、歳月に自然に変容していく暮らしや家族もあるのだろう。

「おふくろ、今度はいつ『花野』に行くの。体調はいいんだろ。喘息の発作は大丈夫」

マキから定期報告を受けたらしく、息子の正から電話が来たのは、もう夕食も済んでそろそろ寝支度にかかる頃だった。

「悪いねえ。たびたび帰れなくて。いつも気になっているんだけど、すっかりマキに甘えちゃって」

息子は東京の社宅に暮らしている。子供がいないので、ずっと夫婦共稼ぎだから、二人とも忙しいのでそうたびたびは帰ってこられない。

「マキから色々聞いているけど。元気みたいだね。ショートステイ先と家を往復するのも、旅行みたいで快適かもしれない。これからが冬本番だもの。年が明けて寒さが増したら、もうちょっと長くいさせて貰った方がいいよ。良かったじゃないか。いい施設があって」

車椅子の女に摑まれた腕をいつの間にかさすっている。まだこれからも因縁のある人やない人に逢うだろうし、色々な名前で呼ばれたりするかもしれないけれど、もうしらばっくれることはない。私はいつまでも誰かの帰りを待ってぶら下がったままの贄じゃあないし、いなくなった男のおかみさんでもない。

「この間の手紙の俳句、よく出来てたよ。うちのも感心してた。好かったね、房子先生と同じ施設に行けて。俳句を続けていれば、きっといい惚け防止になるよ」

自宅に戻っていると細々と用事は尽きないけれど、『花野』にいると三食付きで後片付けも買い物もしないし、心身共に健康管理さえしてくれる。暇を持て余すと、長男に手紙を書いたりする。先回にショートステイした際、先生が誉めてくれた俳句を挨拶代わりに書いて出した。この歳になっても、やはり誉められたり、ちょっと自慢のことがあったりすると、つい息子に知らせる癖がついている。

「『花薄立ち泳ぎして彼方まで』っていう俳句を読んで、俺もあの頃を思い出した」

あの頃。草の海、穂薄の高波に溺れそうだった母親の記憶は、父親のいない家で育った思い出と直結するに違いない。長男のあるかなしかの短い沈黙が胸にわずかの漣をたてる。

とっくにいなくなった男は、死んでしまった。私はもう待つこともないのだと息子に話したら、何と言うだろう。すでにない人間の死を告げるためには、もう一度いなくなった人間を甦らせ、再び忘れる決心をさせなくてはならない。草の海に突き離して殺さなくてはならない。

私は受話器を少し離して、ごくんと唾を呑み込んだ。たった一人の男に、そんなに何度も繰り返し弔いをする必要はないのだ。

「年内には一度帰るつもりだけど、何か欲しいものがあったら、買っていくから言ってよ」

少し長話をしていると、古い土間は心底冷える。時間がない分経済的には余裕のある息子夫婦はくるたびに、上り下りのきつい土間を止めて床暖房にしろとか、危ないからガスは電気にしろとかうるさいほど勧めてくれる。確かに便利は有り難いかもしれないが、年寄りにとって、新しいことほど不便なものはないのだということが、都会育ちの嫁にはどうにも判らないらしい。

息子と長話を終わったら、あまりに身体が冷えてしまったので、久しぶりに梅酒を湯で割って飲んだ。喘息の発作がひどくならない五年前まで造っていた梅酒がじきに飲み終わる。昔は梅だけでなく、花梨酒も作ったし、猿梨の焼酎漬けも造った。酒は健康な人間には百薬の長かもしれないけれど、心臓と気管支の弱い年寄りには命取りになりかねない。八十三歳の使い古しの命よりも、「玉枝ちゃん、猿酒飲んで死んだんだってね」と言われるのは世間体が悪い。朝、目を覚ます時は「どっちだろう」と迷うのはいいとしても、目が覚めないのだったら、焼き場も近い『花野』の方がずっと便利に違いない。

雨の音かと思って目が覚めたら、日はさしているけれど、風が出ているので落葉時雨の音だとわかった。植木の梢と梢の間に真っ青な空が広がっている。

朝方少し膝が痛かったので、長い間続いた小春日和もじきに終わる予感がした。朝食を済ませると、日のあるうちにと思って、落葉掃きを始めた。

今日もまたピラカンサスや蔓梅擬の枝に鳥が来ている。とても小さいからミソサザイかもしれない。竹箒の先を恐れもなく飛び回ってはしきりに鳴く。今年の秋は暖かかったから、庭にはまだ石蕗の花も咲き残っている。色のあせた菊があちこちに倒れている。

果樹と野菜の実用一点張りだった庭に、無闇に草花を植えるようになったのは、俳句を始めてからだ。歳時記で見たり、句会で詠まれた花を時々町はずれでたつ植木市で見つけると買ってきて植えた。房子先生の好きな秋海棠を真っ先に植えた。いい匂いのする金木犀や梔子も挿し木で増やした。

まだショートステイで留守にするうちはいいけれど、長い期間『花野』に行くようになったら、この庭はどうなるのだろう。落葉の海に溺れてしまうのか、雑草の高波に呑み込まれてしまうのか。おっちょこちょいなマキは「あら、やだ。お母さんち、いつの間にか消えちゃった」なんて、鳩が豆鉄砲でもくらったようなぽかんとした顔で、ほんの少し頭を出している泰山木を見上げたりするんじゃないだろうか。

珍しく郵便屋さんが止まった気配がしたので、ポストを見にいったら、房子先生から絵手紙がきていた。葉書の枠に枯れ蔓の絵が描かれている。

「あまりいい天気が続くので、昨日一人吟行をしたら、もう藤棚の蔓がきれいに刈られていました。じき冬なのに、大地も空もどんどん透けて明るくなっていくみたい。まるで私たちみたいね。

　枯れ蔓を刈って空足す庭師かな
また二人で句会をするのを楽しみにしています。　房子」

私が俳句を始めた頃、房子先生の字は伸び伸びと大きいので知られていた。生徒が色紙を頼むと、はみ出さんばかりの闊達な筆遣いで書く。当時は私たちの俳句は短冊にして駅の待合室に飾っていたから、同じように生花を生けている人から、「俳句の先生は男の人なんですね」とよく言われた、墨跡たくましい字を書いた先生が、こんな小さな葉書に枯れ蔓を細々と描き、少し震える筆跡で俳句を記している。

夕べ息子は「俳句を続けていてよかったね」と言ってくれたけれど、実は夫の籍から正式に抜けた直後、しばらく句会から遠ざかっていた。

小さな町の噂の出所は役場か郵便局と相場が決まっている。夫と離婚すると決めた少し前から、仕事以外の外出や人前に出ることを避けるようになっていた。とっくにいなくなっている人だから、表だって消息を尋ねられたりはしないけれど、離婚ともなれば何かと詮索されるに違いない。俳句ひとつ作っても、思いがけない噂の火種を撒く結果になるのではと怖かった。

月に二回の句会をどのくらい欠席したのか覚えていないけれど、その年の秋も終わる頃、前触れもなく房子先生が訪ねてこられた。

縁先に干していた芋を取り込もうとしていたら、きちんとスーツを着た先生が庭に立っていた。

「生徒さんにいっぱい柚子を貰ったからお裾分けにと思ったんだけど、ここにもいい柚子の木があるのね」

若い頃の先生は髪がとても長く、それをきりきりと束ねて結っていた。薄くて白い耳朶の先に金の粒のイヤリングをしていた。田舎では「垢抜けている」と評判だった横顔を向けて、ごく自然に縁先に腰をおろした。

「俳句、やめちゃうの。玉枝さん」

私は前掛けの中に一旦仕舞った芋をいじりながら、何と答えていいものかと思案に暮れていた。

「私、離婚したんです。もう役場に行って、ちゃんと籍も抜いてきました。だから、ほんとはもう正式には根岸玉枝じゃないんです」

一気に言ってしまったら、ふいに胸が熱くなった。テレビドラマで重大な秘密を告白する若い娘のように、顔が上気するのがわかった。

「そうなの。でも、玉枝さんは玉枝さん。名前も本人も何の変わりもないんでしょ。だったら、また俳句作れるじゃないの」

先生のさばさばした口調で言われると、重大な変化だと思っていたことが、さほど珍しくもないことのような気がしてくるから不思議だった。

「私だって、夫の下を勝手に逃げてきたけど、私自身に変わりはないもの」

「でも先生は私とは違う。私って、ほんとに意気地なしで」

先生の形のいい白い耳を見ながら、私はまだぐじぐじ迷っていた。家庭を捨て夫を捨てても、立派に一人で生きている先生と、私とでは比較にはならない。捨てられてとっくに忘れられていても性懲りもなく待ち続けて。籍こそ抜いたけれど、どうにもさっぱりと諦められずにいる。口惜しいのか、悲しいのか。憎んでいるのか、未練があるのかもわからない。待っているということで、かろうじて繋がっていたものがなくなって、途方に暮れている。

半生の干し芋を手のひらでぐちゃぐちゃにしながら、きちんと返事も出来ないまま、どんどん日が暮れてしまうのを切羽詰ったように感じていた。

「あなたは意気地なしかもしれないけれど、私だって恥知らずよ。いろんな人を悲しませた。恥知らずでも意気地なしでも、俳句は作れるから、また出ていらっしゃい。待っているから」

日の落ちかかった庭に痩せた先生がすくっと立つと、細い影は黒い鳥が直立したようにも見えた。

　我の影啄みし後鵙猛り

次の句会の時に先生は私に干し芋の礼だと言って、美しい色紙をくださった。

「カステラ句会もとうとう私たちだけになってしまいましたね」

「ええ。私たちは意気地なしと恥知らずの最強コンビですから」

『花野』での会話を思いだしながら、私は長い時間をかけて落葉掃きを続けた。時々新しい枯葉を捜すように顔を上げると、あんなに待った男の本物の死が足したかのように高く澄んだ空が見えた。

エッセイ

恍惚として乾酪黴びたり

先年、持病の為に百日ほど入院した。検査や点滴の他にはこれといった治療や規制のない呑気な患者だったので、退屈凌ぎに克明に日記を書いた。

六人部屋の各々の症状から噂話、看護婦さんの品評は当然ながら、朝・昼・晩とノートを取り出すきっかけは何と言っても三度の食事であった。

「ある雑誌で病院食の特集をした時、ここの病食は二位でしたよ」と教えてくれる人があったが、塩分制限のせいか、運ばれてくる物は惨憺たるものに見えた。中でも汁物の代りに一日二回はお目にかかる寒天寄せには閉口した。

整形外科で入院中の女学生が、「私は味曽汁よりゼリーの方がいい」と叫んだのがきっかけで、ある日から六人部屋で綾取りのごとく食物交換が始まった。

その甲斐あってか、二週間もすると私の食欲は自宅にいる頃よりずっと増した。慣れぬ早寝のせいで、明け方近くから目覚めると、かつて、『失われた時を求めて』の中で主人公がパリの物売りの声に耳をすますのは白葡萄だったか、貝だったか、などと考えたり、退院したら、マルセルが苦い密月時代にアルベルチーヌの為に求めた琥珀色のシードルを飲もうと突然思いついたりした。

普段はさして食指の動かなかった卵さえ、森茉莉がオムレツの色の美しいのを書いている件を思い出して、妙に食べたくなったりした。

夕刻、見舞客が盛んに訪れる頃に廊下に立つと、必ずと言っていいほど、どこかの病室から鰻の匂いが流れてくる。

ゆふぐれの光に鰻の飯はみて
　病院のことしばしおもへる

忘れていた茂吉の歌が生唾と一緒に甦ったりした。

かのブリア＝サヴァランは食欲と性欲の関係を論じたけれど、残念ながら、ロマネ＝コンティの空瓶すら見たことのない私にとっては、百日もの間飽きもせず三度の食事を記したのにさしたる理由があったようにも思われない。それは多分、『富士日記』の中で武田百合子が買物のメモ書きから夕食の献立、果てはガソリンスタンドのおばさんが盛ってあったアンパンをすすめてくれなかった恨み言まで記すのと同じ類のことであったろう。
それにしても、食物を想像することによって辛うじて現実の枠から流れ出さないでいられる、と言うことはあるらしい。

隣室に人は死ねどもひたぶるに箒《はは》ぎ《き》さの實食ひたかりけり　斎藤茂吉

ひたぶるほどに切実に、食べ物を恋わなくてはいられない領域というものは確かに存在するのだ。先日、日記に多く登場した老婦人の訃報を聞いた。一人娘を外国領事に嫁がせたその人が、「これはナースにヒミツ」と言って私のパンの上に置いた柔らかく溶けかかったカマンベールチーズの味が忘れられない。
その夜、日記を読みながら私は念願だったシードルを飲んだ。

水の音つねにきこゆる小卓に恍惚として乾酪《チーズ》黴びたり　葛原妙子

もう生命を養うことをやめた食物の不吉な呪力。そんな風に考えついたら、ある女流歌人の歌がふと口をついて出た。

文学周辺を遠く離れた読書について

三年前、私はまだのんきな病人だったので、こみゅにてぃ二十一号に食べることが生きることとまっすぐにつながるという意味のしごく健康的な感想を書いた。

今回の入院生活はその時とは比べられないほど深刻な状況で始まった。私には「透析」という結果は、最後から二番目の宣告としか受けとれなかったのだ。

導入後、病状が安定するとすがりつくようにして本を読みふけった。起きているのが怖かった。眠るのが怖かった。特に就寝前の自省が怖かった。目覚めてからの無為が怖かった。私は出来ることなら二十四時間虚構の興奮と熱中を持続させたいと願っていた。

手に入る本はなんでも読んだ。点滴や透析の合間を縫って、朝昼晩と種類の違う本を履物をかえるようにして取り替えては未知の世界に没入した。バタバタと慌ただしく。ひたひたとわき目もふらず。こっそりと盗人のように。もっと遠くへ遠くへ。現実の岸を離れ、追想の塔の見えない所まで。

新聞や雑誌から新刊案内を漁る様子は多分重度の薬品依存症のそれに近かったのではあるまいか。

しかし無計画な読書はどんな収穫ももたらさない。それはあらすじの錯綜する矛盾しきった悪夢に似ている。深く捕らわれて攪乱するだけで真の意味はまったく見いだせない。

短編小説講義、そのテキストのすべての作品、ブッカー賞を受賞した「日の名残り」、チェーホフ全集、ガルシア・マルケス、三浦哲郎、山本健吉の歳時記の春夏秋冬などなど。他人の夢に入りこんでしまったようなそれらの書物を私はほとんど記憶していない。まして読むたびに処分していったルース・レンデルやP・D・ジェイムズなどは書名すら覚えていないのだから近日中にまた同じ本を買ってしまう可能性さえある。

しかし私は反省はしなかった。

「人間はひとりになればみな狂人だ」といったのはゴーチェだったろうか、ネルヴァルだったたろうか。

退院の日、部屋に散乱する本の前で私は水をもらいすぎて、根腐れをおこした観葉植物のように青黒い顔をして家族が迎えにくるのを待っていた。遥か遠い虚構の領土から追われてきた亡命者の目つきをして。

思いつめる日々

三年くらい前、「毎日一回必ずワープロの前に座り、一行でもいいから書く」と自分に誓ったことがちっとも守れない日々が続いている。去年の秋、二百枚の小説を書きあげ、それが今年の初めにゲラになってあがってきた。その直しを半月ほどかけてだらだら済ませたのだが、その後がちっとも書けない。

雑誌に掲載されて一ケ月後、例のごとくさんざんな書評が載った。その間に気に入ったもの（新しい作品はみんな気に入る）を書いていれば意外とのんきに読み飛ばせる書評が今回は何も新しいものを書いていないので、ひどく気に触った。気に触った、と周囲の者に訴え、担当の編集者にも軽く愚痴ったが、内心は取り乱していたというのが真実に近い。

毎日「私はもう小説の書き方を忘れてしまった」と思いながらワープロの周囲を避けて歩い

た。私の身分はまだ一応「病気の専業主婦」なので、避けて通る理由はいくらでもあった。掃除や洗濯や料理をまめにするだけで案外疲れるので、一日はあっという間に暮れる。

よくよく考えてみれば「毎日一行でも、二行でも」などといった方法で小説は生まれてはこない。興が乗るとか乗らないとかの問題ではないのだ。物語の扉は力づくでは決して開かない。こつもないし、まじないの言葉もない。当然鍵も鍵穴もない。

それは内側から開くのだ。

私は最初、招かれて入る。それしか方法はない。

それともプロと言われる人は虚構の世界へのいつでも往来自由な手形でも持っているのだろうか。

そんなおり、暇を持て余して読みちらかしていた本の中で池波正太郎がこんなことを言っているのが目に入った。

師の長谷川伸が「仕事の半分は神に助けられる」と言っていたことを引いて「でも助けを待つだけじゃだめだ。読者や編集者のためにと思いつめて、思いつめ続けなければ神に助けてもらえない。するといつか、何かスーっと抜けられる時がくる」

ああ、そうか、それなら意外と簡単だ。

言葉のかけらも頭に浮かばないのに、ワープロの前にぽつねんと座っているよりオモイツメルことなら簡単に出来そうだ、と私は思った。

その後、ときおり暇を見つけて瞑想にふけるみたいに、物語に対してオモイツメルことにした。何度かやってみてわかったのだが、オモイツメルというのは存外重労働だった。最初はいきなり力づくで自分を細い硝子瓶に詰め込む要領でオモイツメタ。オモイツメッツ野菜を切ったり、物を煮たりすることはできる。

細い硝子瓶の口が私の言葉の力で、ポンとあく。千の泡を受け止めるように、その時私はワープロに向かえばいいのだ。

などとのんきな予想をたてていたのに、オモイツメテモ、オモイツメテモ物語は生まれてこない。身体の中にオモイツメタ炭酸ガスが充満しているようで息苦しくってたまらない。こんな日々はばかげている。本末転倒もいいところだ。さんざんあしざまに我身を罵って、きれいさっぱりオモイツメルのをやめた。

考えてみれば池波正太郎と違って、私がこのまま一行も書けないとしても、誰も困る人はいないのだ。

私は急に自由になった気がして、『桃の湯』というほの赤い粉末をバスタブの中にいれて昼湯に入った。

桃の匂いとはほど遠いが、わずかに甘酸っぱい香りのする水がからっぽの硝子瓶をたぽたぽ揺すった。揺られているうちに、一人の女が雨の中で二つに分かれる話がふっと頭に浮かんだ。

付録

詩編「草の種族」

草の種族

刈られた草が
断ち切られたあたりで暗く匂うと
人々はうわさする
草の種族は女達の狩り

錯乱した草の根元から彼女らは発ってくる
しなやかな四肢を持つ踵のない一族
うた人は衣裳を持てない彼女らの裸像を青嵐と呼ぶ

滅びることのできない彼女らは
父や兄の眠る涼しい墓地を素足で通るが

「艸」1　一九七六年十二月一日

何一つ　思い出すことはない
すでに　すべての記憶は風に盗まれているので

すでに
すべての記憶は風に盗まれているので
喉にある鋭い傷だけが一族の証

榧の包帯がちぎれると
癒着した銀色の傷跡は弱い小鳥たちの
目を殺す

鴨跖《つき》草の青で目を隈どって
彼女らが疾走すれば
一人の女は五人になって笑い
五人の女は叫びながらさらに細く分かれる

細く分かれたまま彼女らが駈け抜けると
眠る井戸の鏡は幾度でもひびわれる
一人づつ立ち止まることのできない彼女らは
自分の姿に焦がれて月鎌のように痩せ細る

情熱は髪の長さに切り揃えてある
恋するということはないが
彼女らの悪意は葉脈にそって速く流れる
美しい草刈り人よ　用心するがいい
おまえたちの臑や肘めがけて彼女らが走り抜けると
長い裂傷は迸り
血は再び還ってはこないだろう

草の種族

膕《ひかがみ》の傷で少年が倒れる
朝
露を集めて仮眠しかとらぬ草の種族の
伸びてゆく笑い

植物採集は中断される
薔薇色の根から透ける葉脈のすみずみまで
彼女らの裸像の模写は引き裂かれる
乱れ騒ぐ髪に葦の葉を飾って
少年の迸った血のあたりで始まる

「艸」2　一九七七年十月六日

早朝の宴
草と水の上に靡きやすい城は現れる

白い素足を風で洗うと
狩りのあとでは
彼女らの緑内障も癒される

美しい脚は蘇らないだろう
鈍色に光る鎌になった夢を見て
少年は繰り返し
野を裁く

彼女らより速い脚
彼女らよりしなやかな腕は罰っせられる
村ではすべての刃が
彼女らの歯の形に毀《こぼ》たれている

宴が果てると
水の茎をことごとく枯らして
彼女らは走り去る
葉の裏側に癩を病む羊歯の胞子だけが
彼女らの罪業の
跡を付ける

＊　＊

藪萱草《やぶかんぞう》　野萱草《のかんぞう》　茅《かや》　刈萱《かるかや》　かやつり草
それは彼女らを遠ざける呪い詞
村では三年に一度茅の実が生る
すると彼女らは一日だけ人間の女になって
裸の脚が寒いと言って泣くのである

草の海に船を浮かべて
彼女らは白鷺のように細い足で並ぶ
草の岸に
若者たちは功名に誘なわれる
薮萱草野萱草茅刈萱かやつり草
置き忘れられた鎌はみな月になり
村人は毀たれた歯の形でそれを見分けて
一つづつ持ち帰っては通夜をする

草を刈る者は
草に狩られる
一晩のうちに白茅となる野は
帰らない若者の骨のように鳴る

草の種族

「艸」4　一九七九年四月三十日

Ⅳ

「傷つけて　走り去ることが
私たちの祝福のしるしだ
おまえの
薔薇色の身体を通り抜けるたびに
私たちの冷い裸身は磨かれる」

巨大な黄金色の秤
坂の上に少女が立てば
刺し違える喜びに

草と風は
隊を乱して少女を迎えた

眦は東に裂けよ
肌は輝き　血管は泡立てよ
風が一瞬
すれ違いに抱きあう者たちを裏返すと
少女の身体は銀色に反り
草の種族の薄い胸に
熱い血が逆流する

火花めく髪がもつれて渦巻く
疾走しながら終る緑の儀式
けれど今
野の承認は聞こえない
駈けすぎてゆく少女の前に

草は二手に分かれて
風は
すっかり他人になった白い指先で
少女の身体に触れようともしない

「おまえにもう
私たちの青さと鋭さを貸すことはできない
花咲くことを呪いながら私たちの背丈は伸び
実をつけることを拒むほど
私は青くなることができる
みるがいい
薊の葉や野茨の茎
私たちのくちづけた所が
赤く愛しい棘になるのを」

爪先が罅割れるまで駈けてゆくのに

野の承認は聞こえない
坂の中央で
せつなさが少女を捕える
またひとつ
またひとつ
切っても　切ってもそれはやってくる

「堕ちてゆけ
堕ちてゆけ
人間の女の霞網に捕えられた者よ
坂の下からおまえを迎えるものは
永劫にそのせつなさのうねりだけだ
今ではまだ
わづかにかしいだだけのおまえの背に
重い花粉が降り始めているのが
私たちには見える」

V

半身は伝説の上衣
露と霧の破れやすい網布《チュール》
下肢は
滅び去った古の歌で作られたと
人は言う
女に似て非なるもの
優しくあろうとすれば
すべての変容を許さなくてはならない
咲くことを欲っすれば
醜い皺に畳まれて枯れなくてはならない
根と茎と花びらの法則を
永遠に断ってきた
花に似て非なるもの
刃の輪郭になぞって作られた

草の種族
祖先に連る来歴は
ジギタリスの根に混じって腐った
私たちは今
夢想の崖下や
錯乱の斜面に多く棲息する
植物に似て非なるもの
季節は巡っても枯れることはできない
刈り取られれば
鎌と愛しあって増えることができる
呪詛や悲鳴
村にバラ撒かれている種子を
鳥のようについばんで嚙み砕くが
私たちの背に翼はない
生物に似て非なるもの
私たちを異形のものであると

誰が言えよう
大地に伝ってくる怯えの波が
私たちを音楽のように走らせる
幻に似て非なるもの
色彩と形象を切り裂きながら進む
私たちの姿を描くことはできない
耳のない画家が
あえてそれをしようとした時
狂気という黒い点が
幾千羽の鴉となって彼を襲った
呪いに似て非なるもの
鞭のように鞣された
しなう視線でみつめれば
野は常に刃の嵐
人間に仕掛ける罠は浅いほど良いと
無害な獣がささやいて通る

静止することを禁じられている私たちにとって
悪意と美と
美と殺戮を
区別することは難しい

同人誌時代の作品について

三浦美恵子

一九八七年、同人仲間になった頃、魚住さんは十年くらい前に書いた詩のコピーを、私に手渡してこういった。「詩の枠に言葉が納まりきれなくなり、自然に散文へ移っていった」と。コピーには「草の種族」と題された作品が三つもあり、いずれの作品も言葉の鮮烈さが目を惹き痛々しいほど若さに充ち溢れていた。

刈られた草が
断ち切られたあたりで暗く匂うと
人々はうわさする
草の種族の女達の狩り
錯乱した草の根元から彼女らは発ってくる

しなやかな四肢を持つ踵のない一族
うた人は衣装を持てない彼女らの裸像を青嵐と呼ぶ

滅びることのできない彼女らは
父や兄の眠る涼しい墓地を素足で通るが
何一つ　思い出すことはない
すでに　すべての記憶は風に盗まれているので

すでに
すべての記憶は風に盗まれているので
喉にある鋭い傷だけが一族の証

この詩を読んだ時期と小説の処女作「草の海」を読んだ時期が重なるせいか、両作品に相通じる主題を漠と感じ、「なるほど」と思ったものである。

「草の海」は家を捨てて出奔した父が、二十数年後、復縁を求めて妻や娘たちの周りに時折姿を現し、女性家族を混乱させる物語である。語り手は父の記憶がない次女であり事態を見る目も冷ややかで、三人三様の心の揺らぎがよく描かれていた。

私は詩に内包されている『父性の欠落』を、小説で確認した気分になり、謎解きをしたような気持ちになったが、三十七年後の現在、再び読み返しても、その想いは変わらない。

魚住さんは、父の不在による窮乏や孤立感を実体験していない。四人兄弟の末っ子らしく家族の溺愛、俳句に親しんでいた母の教養、四季折々の花々に彩られた東京郊外の豊かな自然等々に育まれて成長した。物怖じせず明るく闊達であり、軽妙な語り口で会話を弾ませ、そこに集う人々を笑いの渦へと巻き込んでいった。

現実の振舞いと内面は必ずしも一致しない。小説を志す者にとって、魂の空洞をどんな風に埋めていくか、その過程をどう表現するかは、大きな課題だが、魚住さんは独特のこだわりを鮮やかな手法で創り上げていった。

処女作から一年半後、「静かな家」を発表した。

不倫を繰り返す夫、妊娠を機に妻の座を狙う若い愛人、こうした現実に向き合おうとしない妻、それでも表面は静かで何とか均衡を保っている奇妙な生活の瓦解を描いている。妻は離婚には応じても家は手放さない。そんな折、外出から帰宅すると、留守の間に愛人が乗り込んできたのか、二階の夫の部屋からチェンバロの音が響いてくる。

妻は音楽に過敏なため音響装置は鳴らされたことはなく、大音響の中で自分の静かな家そのものが崩壊していくのを知るのである。

この作品について、文學界同人雑誌評の評者・松本道介氏は、「よく計算され、神経の行き届いた作であり、一人の女性が作り上げていた小宇宙としての家を、表現している」と、述べている。

「静かな家」は、一九八九年六月、第一〇一回芥川賞候補となった。

「遠い庭」は同人誌に発表した最後の作品であり、小説の企みの上手さが魅力となっている。マンションのベランダに、ジグゾーハズルが落ちていて、それを届けに一階上の住戸に出向き、少女と出会う子供のいない女性の物語である。少女は両親と暮らしている風でもないため、一緒にパズルを完成させたり、食事を運んだりと、頻繁に会うようになり、孤独な女性を和ませてくれるようになった。

ところが不意にその住戸が売りに出され立ち竦む。

前述の評者・松本道介氏は、「どこかやりきれない不毛さを抱え込んだ女の在りようが浮かび上がって来る。なかなかの手腕だ」といい、朝日新人文学賞の受賞にも触れ、「その実力が広く知られたのを喜びたい」と、述べている。

作家デビューのこの時期に、腎臓病を患っていた魚住さんはついに人工透析に踏み切った。

以来、腎臓移植、再び人工透析と、長く厳しい闘病生活が続いていった、そのなかにあっても小説を書き続け俳句を作った。やがて病状の悪化が目立つようになり、何度も入退院を繰り返し、家へ戻ると決まって電話で報告をしてくれた。見舞いに行くと、顔色はまだ悪くても声だけは元気だった。

次の作品の構想や俳句が浮かび上がる瞬間をユーモラスに話し、「不思議ね、俳句なら点滴中でも十句はつくれる」と、笑った。

魚住さんの突然の死から三年余り、夫君、加藤閑氏の編纂により、未発表の小説、俳句がすべて書籍化されていった。その最後に同人誌時代の作品集が位置づけられることを、同人仲間の一人として率直に喜びたいと思う。

あとがき

加藤　閑

魚住陽子の創作活動の出発が〈詩〉にあったことは何度か書いた。そんな彼女が小説を書くことを明確に意識したのは、三十代半ばになってのことだろう。一九八七年、西武百貨店のカルチャー教室、『コミュニティカレッジ』の、作家尾高修也氏の講座に通い始めた。

もともと西欧の翻訳小説を読み耽っていた彼女は、水を得たさかなのように小説を書きだし、『コミュニティカレッジ』の受講者による同人誌『こみゅにてぃ』に発表した。発表第一作の「草の海」は、思いもかけず『文學界』誌の同人誌批評欄にとりあげられた。ちょうどその頃、同人作品が芥川賞候補にノミネートされ、同人の作品発表の意欲は非常に昂まっていた。魚住陽子もその年の四月から二年半ほどの間に次の八篇の短編小説を発表している。

草の海　19号　一九八七年四月
チョコレート夜話　20号　一九八七年七月

花火の前　21号　一九八七年十月
煮干のごろん　23号　一九八八年四月
静かな家*　25号　一九八八年十月
野の骨を拾う日々の始まり　27号　一九八九年四月
草の種族　28号　一九八九年七月
遠い庭**　29号　一九八九年十月

*第101回（一九八九年上半期）芥川賞候補、『奇術師の家』（一九九〇年朝日新聞社）収録。
**同書収録。

本書には、これら『こみゅにてぃ』掲載作品から、すでに『奇術師の家』に収録、書籍化されている「静かな家」と「遠い庭」を除く六編を収録した。

いずれの作品も初期の作品にありがちな未成熟な部分を含んでいるが、この時期でなければ得られない昂揚と緊張感が感じられる。特に表題作「野の骨を拾う日々の始まり」は詩作で培った精神世界と言語意識が発揮されていながら、小説的な筋立てと表現は確保された傑作である。「草の種族」はその続編的な内容を割り振られているが、言葉と小説世界の緊密感において前作を超えるに至っていない気がする。

また本書には、『こみゅにてぃ』掲載のエッセイ三編も収録した。
恍惚として乾酪黴びたり　24号　一九八八年七月
文学周辺を遠く離れた読書について　33号　一九九〇年十月
思いつめる日々　40号　一九九二年七月
さらに、雑誌に発表されていながら書籍化されていなかった次の二篇を収録している。
川原　『ｉｆｅｅｌ』№.3　一九九八年二月一日　紀伊國屋書店
鵙日和　『俳壇』二〇〇七年四月号　本阿弥書店
付録として、「野の骨を拾う日々の始まり」「草の種族」の源泉を知っていただくのに重要と思われる詩作品「草の種族」全文（現代詩同人誌『艸』第一号（一九七六年十二月）、第二号（一九七七年十月）、第四号（一九七九年四月））を収めた。
いずれの作品も、その発表媒体を底本とし、明らかな誤字脱字等はこれを改めた。また植物名等に適宜ルビをふり読者の便に供した。
『こみゅにてぃ』でともに編集委員に名を連ねた三浦美恵子氏には資料収集等で何かとお世話になったうえ、当時の交遊録「同人誌時代の作品について」のご執筆をいただいた。魚住作品とともにお読みいただければ幸いである。

二〇二一年八月に魚住陽子が他界してはや三年が過ぎた。この間に『夢の家』を皮切りに四冊の遺稿小説集を駒草出版から上梓することができた。その書名と発行日を以下に挙げる。
夢の家　二〇二二年七月十日
坂を下りてくる人　二〇二三年八月二六日
半貴石の女たち　二〇二三年十二月二二日
五月の迷子　二〇二四年五月三一日
これに本書を加え、魚住陽子の未刊作品の刊行に一区切りをつけることができると思っている。（小説以外の詩歌俳句、エッセイ等の作品や、データの失われてしまった作品等がまだあるにはあるが、その処遇については次なる機運を待ちたい）
魚住作品の書籍化はひとえに『花眼』連載時から「菜飯屋春秋」に好感を抱き、魚住存命のうちに『水の出会う場所』および『菜飯屋春秋』の出版を実現してくださった社主井上弘治氏の力にあずかってのことだった。心よりお礼申し上げたい。その井上弘治氏も昨年十一月泉下の人となった。もしかすると、たまには魚住と文学談義を交わしているかもしれないと思ったりもする。
五冊の小説集出版を通じて、駒草出版の方々にたいへんお世話になった。編集部の内山欣子さん、浅香宏二さん、ブックデザインの宮本鈴子さん、編集担当のひとま舎の内藤丈志さん、ありがとうございました。また、各書籍の表紙作品の画像を提供いただいた水越弘さん、松村陽子さん、校正のお手伝いをいただいた吉田照代さんにも謝意を表したい。

そして何よりも、これらの本を手に取ってお読みくださった読者のみなさまにお礼申し上げます。

【著者プロフィール】

魚住陽子（うおずみ ようこ）

1951年、埼玉県生まれ。埼玉県立小川高校卒業後、書店や出版社勤務を経て作家に。1989年「静かな家」で第101回芥川賞候補。1990年「奇術師の家」で第1回朝日新人文学賞受賞。1991年「別々の皿」で第105回芥川賞候補。1992年「公園」で第5回三島賞候補、「流れる家」で第108回芥川賞候補。2000年頃から俳句を作り、『俳壇』(本阿弥書店)などに作品を発表。2004年腎臓移植後、2006年に個人誌『花眼』を発行。著書に『奇術師の家』(朝日新聞社)、『雪の絵』、『公園』、『動く箱』(新潮社)、『水の出会う場所』、『菜飯屋春秋』、『夢の家』『坂を下りてくる人』『半貴石の女たち』『五月の迷子』(ともに小社)、句集『透きとほるわたし』(深夜叢書社)がある。2021年8月に腎不全のため死去。

野の骨を拾う日々の始まり

2024年10月21日　初刷発行

著　者　魚住陽子

発行者　加藤靖成

発行所　**駒草出版**　株式会社ダンク　出版事業部
〒110-0016　東京都台東区台東1-7-1
邦洋秋葉原ビル2F
TEL 03-3834-9087／FAX 03-3834-4508
https://www.komakusa-pub.jp/

カバー絵　加藤 閑
ブックデザイン　宮本鈴子（株式会社ダンク）
組　版　山根佐保
編集協力　株式会社ひとま舎

印刷・製本　シナノ印刷株式会社

落丁・乱丁本はお取り替えいたします。
定価はカバーに表示してあります。

2024 Printed in Japan
ISBN978-4-909646-79-8

※本書の一部に現代では不適切と思われる表現がありますが、作品内容および著者が故人であることを考慮し、発表当時のまま掲載しています。

坂を下りてくる人

ここにいないものを　ここで想うということ——
魚住陽子の個人誌『花眼』（ホゥエン）からの短編集。

半貴石の女たち

2009年に書き上げていた唯一の未発表長編小説。
半貴石をめぐる女性たちの物語。

五月の迷子

「小説の書けない時」と名付けられたパソコンのフォルダに残された物語。俳句と小説が調和した魚住陽子ならではの小説世界。
